如此歲月

洛夫詩選

一九八八——二〇一三

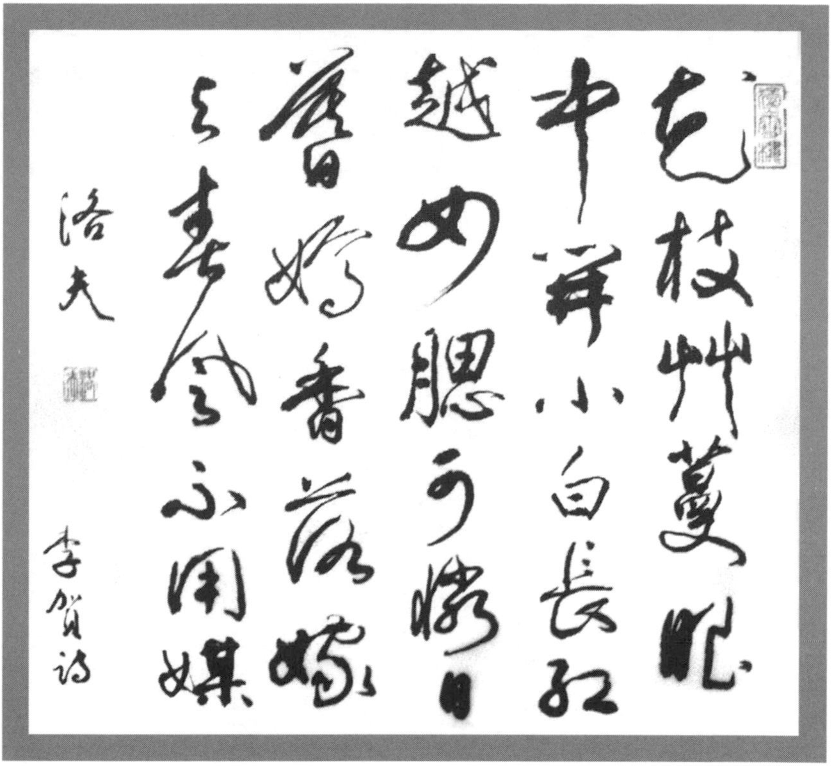

〈南園〉洛夫錄李賀詩

花枝草蔓眼中開，
小白長紅越女腮；
可憐日暮嫣香落，
嫁與春風不用媒。

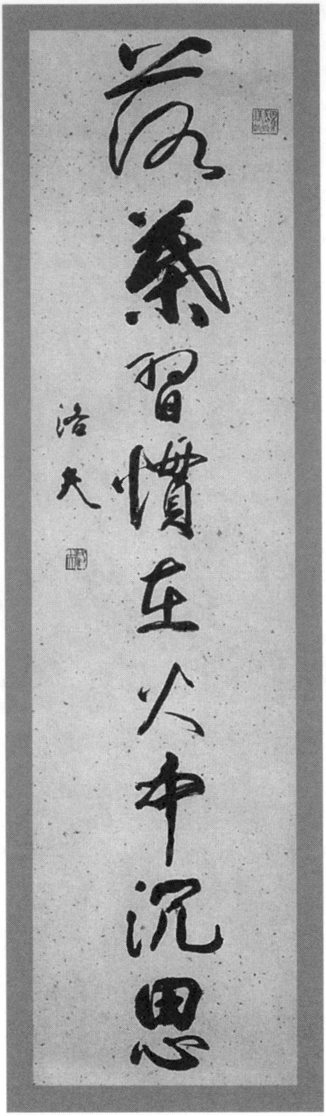

落葉習慣在火中沉思

水來我在水中等你；
火來，我在灰塵中等你

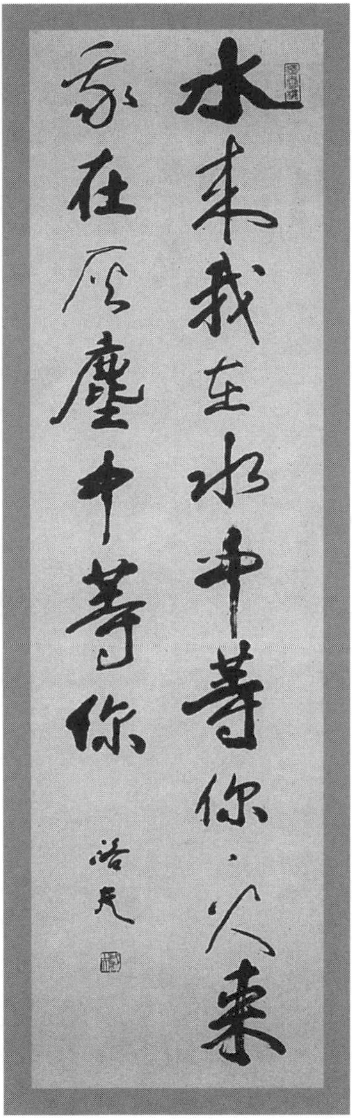

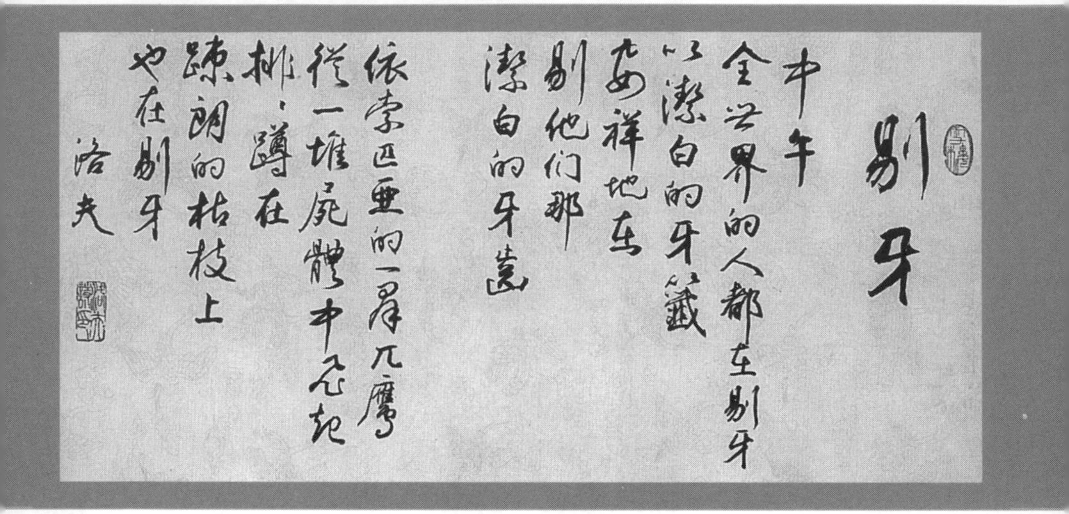

剔牙

中午
全世界的人都在剔牙
以潔白的牙籤
安詳地在
剔他們那
潔白的牙齒

依索匹亞的一群兀鷹
從一堆屍體中飛起
排排蹲在
疏朗的枯枝上

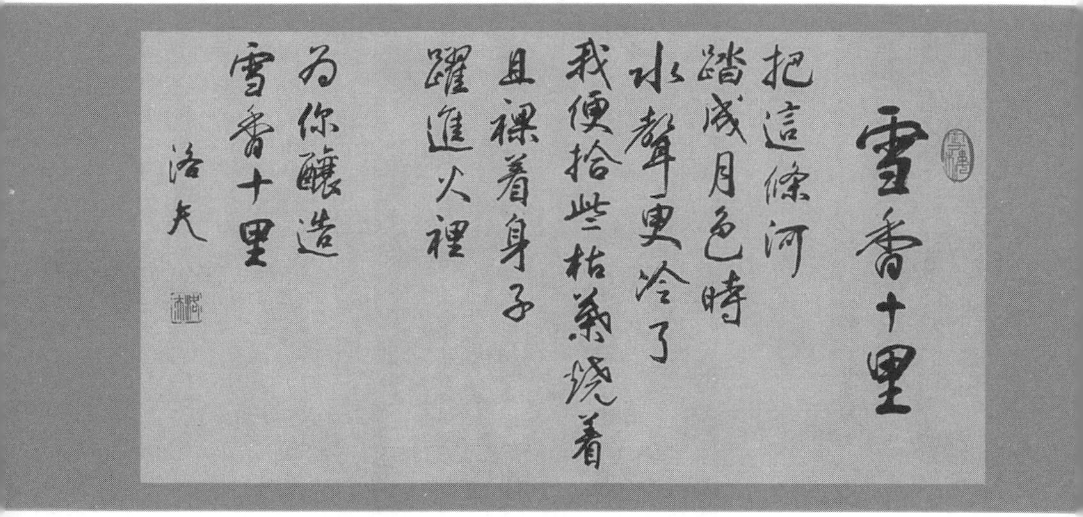
雪香十里
把這條河
踏成月色時
水聲更冷了
我便拾些枯葉燒着
且裸着身子
躍進火裡
為你釀造
雪香十里
洛夫

雪香十里

把這條河
踏成月色時
水聲更冷了
我便拾些枯葉燒着
且裸着身子
躍進火裡
為你釀造

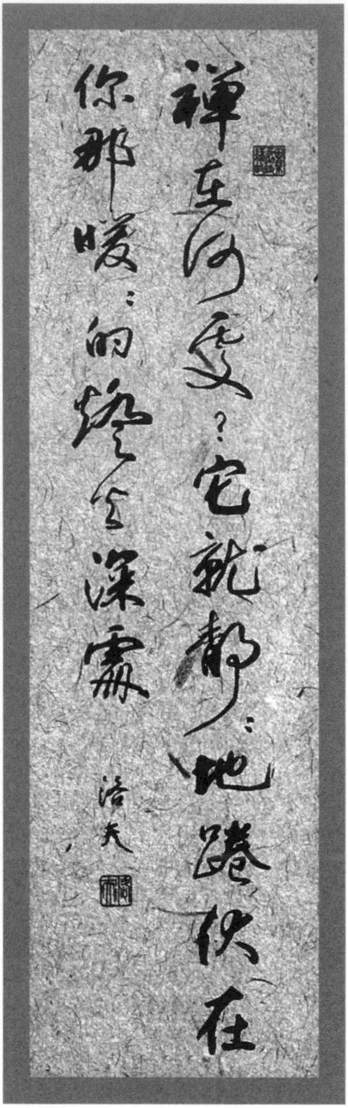

禪在何處？它就靜靜地蜷伏在
你那暖暖的燈火深處

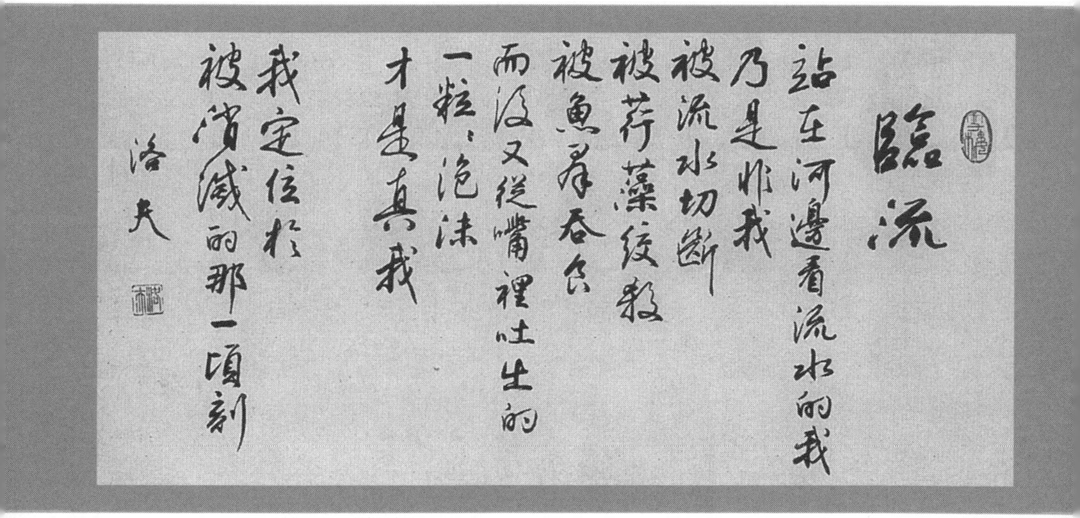

臨流

站在河邊看流水的我
乃是非我
被流水切斷
被荇藻絞殺
被魚群吞食
而後又從嘴裡吐出的
一粒粒泡沫
才是真我

我定位於
被消滅的那一頃刻

目次

《如此歲月》自序

我嘗想：讀一個詩人畢生的創作史，恍惚之間如讀一部《般若波羅密多心經》，無非色空二界。其實詩並沒有那麼高潔，因為詩人也是有欲念之人，詩也沒有那麼鄙俗，因為詩人筆下每個字都隱含靈性之光。及到暮年，詩人才會發現，抹去高潔與鄙俗之間的分界線，原來就是心經中的「五蘊皆空」。

《如此歲月》中竟也包含如此的無奈，時間如此蠻不講理。這是我繼《因為風的緣故》詩選出版廿四年後編選第二部詩選時的心境，讀其中後半部作品時，頗有杜甫當年「老去詩篇渾漫與，春來花鳥莫深愁」的自我調侃意味。尤其是近數年來的作品，大多是信手拈來，率意揮洒，有人說好，好在自然舖陳，可讀可懂，既不追逐潮流，但也不甘於詩藝之荒廢。

本詩集共收詩作一〇四首，（內含禪詩〈無聲〉十首、〈唐詩解構〉十一首），時間跨度為一九八八年——二〇一二年，又是另一個廿四年，佔我總創作時間的三分之一。有論者曾把我的創作期分為「黑色時期」、「血色時期」、「白色時期」，代表我三個時期中作品的主要風格，也暗示了我這三個時期的生命情態與精神傾向，譬如探究生死問題的《石室之死亡》是「黑色時期」的代表作，表現昂揚生命力的《魔歌》是「血色時期」的代表作，表現生命的苦悶、生命的燃燒與昇華的《時間之傷》與《月光房子》是「白色時期」的代表作。這種分期不無洞見，但與創作的實際情況略有所隔，一般讀者甚難理解，於是我在一次訪談錄中曾實事求是地把我的創作生涯分為五個時期：「抒情詩時期」、「現代詩探索與實驗時期」、「反思傳統，融合現代與古典時期」、「鄉愁詩時期」、「天涯美學時期」。當然這種分法也不見得十分準確，譬如「鄉愁詩時期」，就無法限於從一九八五年至一九九五年這十年，因為從一九四九年我初抵台灣時就已陸陸續續寫過不少鄉愁詩，只不過這十年間由於大陸開放台胞返鄉探親，我曾多次回湖南老家探訪隔絕四十年的親人故舊，也飽覽了故國神州諸多名勝古蹟，所見所聞，撞醒了內心對原鄉故土深深的思念之情，而寫了大量的鄉愁詩。較多被評論、被朗誦而在兩岸廣為流傳的有〈邊界望鄉〉、〈湖南大雪〉、〈血的再版——悼亡母詩〉、〈剁指〉、〈再別衡陽車站〉、〈出三峽記〉、〈西湖二堤〉、〈登黃鶴樓〉等，但由於版權所限，本選集僅選了〈西湖二堤〉、〈出三峽記〉、〈西湖瘦了〉、〈夜宿寒山寺〉、〈杜甫草堂〉、〈湖南大雪〉等六首，其中有些所謂的鄉愁詩其實可兼稱為還鄉記遊詩，或文化鄉愁詩。至於自一九九六年移居北美後迄今這近廿年的「天涯美學時期」，還是一段尚未完成的旅程，在長詩〈漂木〉問世之後，還創作了大量的抒情小詩與現代禪詩。這個時期可說是我創作生涯中用功最勤，寶刀雖老，但創作力仍為旺盛，收穫最豐饒的一個階段。目前正全心傾注於「唐詩解構」的創作，成果初顯，分別在兩岸發表三十多首，已有了令人欣慰的評價。這個期間的長詩系列除〈漂木〉外，另有〈大冰河〉與編入本選集的〈背向大海〉二首，後者寫我內心對大自然與佛陀既激盪而又和諧交融的深沉體驗，是我禪詩系列中除短詩〈金龍禪寺〉之外最受評論界關注的一首。

我忍不住急於想談一談「唐詩解構」。何謂「唐詩解構」？其實無非就是一種以新手法處理的「古詩今鑄」，是我近年來個人創作的一項實驗工程，一種謀求對古典詩中神韻的釋放的企圖。我非戀舊，更無意復古，甚至不接受「新古典主義者」這樣的頭銜，只是希望從舊的東西裡找到新的美，或一些久被忽略未曾發現過的美。首先選出我最喜愛，也是大家耳熟能詳的唐詩名作。我的做法是盡可能保留原作的含蘊與意境，而把它原有的格律形式予以徹底解構，重新賦予現代意象和語言節奏。解構新作與原作便成了兩件不同形式的作品，新作可能失去了原作中古典的韻律之美，但也可能增加了某些原作中沒有的東西，所以這也可以稱之為古詩的再創造。這樣或許可為當今不讀古詩、輕視傳統詩歌美學的青年詩人與一般讀者提供一個間接親近的機會。

這個集子中另一首長詩〈非政治性的圖騰——拜謁中山先生故居〉，是一件幾近被遺忘的出土文物。一九八九年八月我與詩人向明聯袂訪問廣東中山市翠亨村的國父中山先生故居，當時「六四」事件剛過而當天下午適逢雷雨大作，在故居盤桓了兩個多小時，所見所感，印象特深，從中國近代史的硝煙中掙扎而出的殘破記憶，攪得我的心潮翻騰不已，返台後即寫了這首近二〇〇行的長詩。此作原載入未曾普遍發行的《天使的涅槃》詩集中，少人讀過，更是在評論家的視線之外，幾遭湮沒，《洛夫詩歌全集》甚至漏掉了這首重要作品。及到十年後（二〇一〇）該詩無意中獲得中山市為「紀念孫中山百年誕辰」所舉辦的徵詩獎首獎，並在紀念特刊上刊出才得以重見天日，而該詩的魔力得到最大的發揮，是同一年在加拿大滑鐵盧大學孔子學院舉辦的「辛亥百年與孫中山壽誕」研討會的詩歌朗誦會上。此詩毫無悲情，更談不上煽情，但出乎意外的是，在約十五分鐘的男女二部朗誦中達致了最完美的朗誦藝術效果，當時只聽到台下漱漱有聲，許多聽眾都熱淚盈眶，問其緣由，無他，藝術的感染力而已。

「隱題詩」是我最具特色的另一項實驗性創作，一九九〇年初在《創世紀》上發表第一首隱題詩〈我在腹內餵養一隻毒蠱〉後，兩年內連續寫了四十五首，於一九九三年結集出版，嗣後在台灣、香港及海外華文詩壇都發生過影響。有學者問我：「隱題詩可否理解為你在創作〈長恨歌〉這類作品之後，較大規模地朝向傳統詩學路向探索？」我的回答是：「這的確是一次新的探索，但不是繼〈長恨歌〉之後大規模向傳統詩學探索。它也許是從古典詩學穿堂而過，卻又走了出來，成為另闢蹊徑的現代詩。」隱題詩可說是一種在美學思考範疇之內所創設的，而在形式上又自成一格的新型詩體。它既具有詩的充足條件，符合美學原理，但又超脫繩墨之外，故在處理句構與建行時就不免對約定俗成的句構語法有所破壞。具體而言，隱題詩是一種預設限制，以半自動語言所書寫的詩，標題本身就是一句或多句的詩，每個字都隱藏在詩內，有的藏在頭頂，有的藏在句尾，如不是細心或經作者指點，很難發現其中的玄機。我不認為這是文字遊戲，也不是甚麼後現代主義的新花樣，因為這種詩體的最高要求仍然在於整體的有機性。因篇幅所限，本選集只選了五首。

我的詩歌創作大致分為兩大趨向，也可以說是我的兩大關鍵時期：一是對西方現代主義的探索與創作實踐，最初對西方現代主義詩歌各種流派的理論和技巧作囫圇吞棗式的吸收，生冷不忌，頗難消化。當時自己的外語能力還不足以讀懂艾略特的詩；讀他的《荒原》（*The Waste Land*）時還得邊看邊查字典，詩後大量的注釋查究起來尤為吃力。里爾克的詩意象雖較簡潔，但他詩中投射的形而上玄思，在心理上也構成另一道關隘，至於波特萊爾、藍波、馬拉美等法國詩人，語言脫離規範，意象詭異，卻甚富創意，那種陌生的美對我極具吸引力（我讀的大多是英譯本或中譯本），於是日後便一頭栽進了超現實主義的淵藪，被它蠱惑了一輩子。有人說我受害於超現實主義，這是指我早期實驗性較強的作品，如〈石室之死亡〉，從此在讀者與評論家心中留下了兩個固定的印象，一是洛夫的詩難懂，二是洛夫成了超現實主義移植台灣後的掌門人。其實當時我在潛意識的操控下表現一種純粹的心靈感應，以突顯詩的獨創性。這段期間（七〇年代），我全身充溢著原始本能的創作衝動，每寫一首詩就像跑百米似的，緊張，激動，充滿快感與期待，期待每首詩都是一次新的出發，一次新的突破，但由於專注於個人內心世界的經營而忽略與外在現實世界的互動，詩只是個人的聲音，未能提供一個與讀者心靈溝通的管道。這種情況一直到創作〈魔歌〉時期（一九七四）才有了改變，有了調整創作心態，重新建構一種接近生活的語言形式與風格的自覺。一方面敞開心窗，讓心靈的觸角探向外在的現實，另方面將探索的靈視投注於中國古典詩歌，重新認識與評估中國傳統詩歌美學的價值，一則向古人學習處理人與自然的和諧關係（這對我日後禪詩的創作大有啟發），再則向古人學習如何營造情景交融的意象，以及詩語言的自然節奏，這一點對我以後詩的廣度的拓展，縱深的延伸，以及風格的蛻變都非常重要。

我另一個創作趨向就是進一步探索傳統與現代的鎔接，試圖以西方的現代技巧來表現東方智慧，以及中國獨特的審美意識與生活情趣。這方面我做了很多，中後期的作品幾乎都沿著這個趨向發展，最具代表性的有〈長恨歌〉、〈裸奔〉、〈金龍禪寺〉、〈與李賀共飲〉等首。這個選集仍由於版權問題，只選了〈杜甫草堂〉與〈走向王維〉兩首，寫的都是當代詩人與古代詩人的心靈對話，既是現代與傳統的擁抱，也是歷史與現實的辯證。

我這出入古今、迂迴側擊的策略，也曾招來一些誤解，甚至有人胡說我向傳統回眸是迷失於西方後的「浪子回頭」，把我歸類為「回歸傳統」的新古典派。基本上傳統意味著「過去」、「消失」，不可能也沒有必要回歸，我只希望在創作中重塑中國人文精神與風采，我追求的是最現代的，但也是最中國的。我一向認為繼承古典，發揚傳統的唯一途徑就是創新，創新才是我最終的關懷，最本質的追求。

載於《世界華人周刊》的訪問記〈語言的魔術師——洛夫傳奇〉中有這麼一段話：「洛夫的基本精神是東方的，但他又有西方詩人那樣建構體系的能力。當然詩人的體系不是哲學體系，哲學體系得靠邏輯思維，而詩人的體系是對宇宙空間的創造，洛夫的《石室之死亡》與《漂木》兩部長詩，既有民族文化的底蘊與神韻，又讓我們看到艾略特、里爾克等西方大詩人的影子。洛夫的作品是東西方文化結合而成的華彩樂章，是中國傳統文化與外來文化在不斷衝擊交融中發展的結果。洛夫的詩體現了這種『時代文化』，這也正是他做為一位詩歌大師的重要標誌。」這段話頗多溢美之辭，「大師」二字尤不敢當，除此之外，倒也符合實情。

現代禪詩是我的詩創作中最特殊也最具標誌性的作品，將明心見性，喚醒生命的禪意識，以及在生活中偶爾發現的禪趣引入詩的創作，為現代詩的內涵與風格開闢一條新的路子，這是我在七〇年代初便有的想法。我最早的一首禪詩應是一九五六年寫的〈窗下〉，但被點評最多、流傳最廣的則是一九七〇年寫的〈金龍禪寺〉。其實我不禮佛，對禪道一知半解。詩與禪的關係，我認為是一個美學問題，與宗教無關。禪在詩中成就了哲學的深度，增加了美的純度，二者的結合絕對是一種革命性的東方智慧。

古人喜歡以禪喻詩，詩與禪有著既曖昧又貼切的關係，宋代的嚴羽，清代的王士禛都曾提出詩禪一體的意見。依我的理解，中國傳統文學與藝術中都有一種飛翔的、飄逸的、超脫的顯性元素，也有一種寧靜的、安詳的、沉默無言的所謂「羚羊掛角，無跡可求」的隱性元素，這就是詩的本質，也是禪的本質。我認為一個詩人，尤其是一個具有強烈生命感，且勇於探尋生命深層意義的詩人，往往不屑於太貼近現實，用詩來描述，來copy人生的表象。他對現實的反思，人生的觀照，都是靠他獨特的美學來表達的，其獨特之處就是通過超現實的意象來反映禪的妙悟，於是便形成一種具有超現實特色與中國哲學內涵的美學。

我的現代禪詩不同於日本的俳句，倒較接近中國傳統的抒情詩，尤其是唐詩。俳句清淡寡味，詩質稀薄，遠不如王維、孟浩然等的作品那麼隱含禪意而又詩趣盎然。我的禪詩看似遠離喧囂的現實，卻更貼近生活，例如這首〈曇花〉：

反正很短
又何苦來這麼一趟

曇花自語，在陽台上，在飛機失事的下午
很快它又回到深山去了
繼續思考
如何　再短一點

這顯然是一個有關生命哲學的命題，但也是一首在審美觀照下詩意與禪意交相輝映的抒情詩。曇花很美而生命短暫，故爾提出一個帶點悔憾的追問：「又何苦來這麼一趟？」當它很快凋謝，從這世上消失而回歸大化（深山）時，它繼續思考的不是生命的延長，而是「如何再短一點」。一個自相矛盾的悖論，但就在這弔詭的問答中，閃爍出一片空寂的禪的機鋒。

我這種超然物外，以另一只靈視的眼靜觀世界的詩，曾收集於《洛夫禪詩》中，並於二〇〇三年在台北出版，後又在這個集子的基礎上增添了部份新作，以新的書型設計於二〇一一年以《禪魔共舞》的書名問世，本選集只編入〈禪味〉、〈水墨微笑〉、〈雨從何處來〉、〈夜宿寒山寺〉、〈無聲（禪詩十首）〉、〈背向大海〉等六首。

論者曾批評我的詩，尤其是早期作品，不大關心台灣本土的現實，其實我以台灣生活為題材的詩為數並不少，只是大多著墨於自然生態、風土人情，不大流露出強烈的本土意識形態與政治性情緒，選入這個集子的〈豐年祭的午後〉、〈日落象山〉、〈印象（四題）〉、〈城市悲風〉、〈灰面鷲〉、〈烏來巨龍山莊聽溪〉等，正是以台灣風情為題材的作品，不帶任何政治色彩的純粹詩。這類作品偶有對現實的諷喻，卻少明顯地對當今體制的抗爭與控訴。所謂「憤怒出詩人」，這一命題把詩的內涵狹化了，這也許指的是七、八〇年代的大陸地下詩。台灣是否也有憤怒的詩，我不得而知，但在我半個多世紀的創作生涯中，早年雖也偶爾寫過一些「為賦新詩強說愁」的傷感詩，而後期的主要風格一直是處於寧靜、冷雋、和諧的狀態。

臨老去國，遠奔天涯，初期由陌生環境衍生的孤寂感自所難免。我曾寬慰自己說：「由台北移居溫哥華，只不過是換了一間書房。」每天照樣讀書寫作，樂在其中。在滿壁書籍的包圍中，有時豪興大發，會夸夸其談：「我在哪裡，中國文化便在哪裡！」然而，豪情抵銷不了現實的壓力，每當黃昏外出散步，獨立蒼茫，在北美遼闊的天空下，俯仰之間，我經常像丟了魂似的徬徨無依，雖強烈地意識到自我的存在，卻也發現自我的定位是如此的曖昧而虛浮。「今宵酒醒何處，楊柳岸，曉風殘月」，這也是一種淒美的境界，但面對「二度流放」的時空，總不免感到一種失魂落魄的孤寒。愈近晚年，幸好社會應酬的圈子雖越來越小，但心靈的天空越來越闊，我在雪樓徜徉，沉思，寫詩，正如魯迅所謂：「躲進小樓成一統，管它春夏和秋冬。」在這不算寬大的空間裡，我在海外近廿年的筆耕，收穫還算豐碩。目前雖仍在路上踽踽獨行，但不知還能走多遠。只是覺得詩歌舖子沒有打烊的時候。詩與生命同在。

洛　夫　二〇一三年四月寫於北美雪樓

邂逅

巷口看到的背影是頗為春意的
星期天是煙視媚行的
麥當勞店是略帶狐騷味的
黃昏是極其女性的

一位頗為春意的煙視媚行而略帶狐騷味的
黃昏中的女子
在巷口拐一個彎
便不見了

井邊物語

被一根長繩輕輕吊起的寒意
深不盈尺
而胯下咚咚之聲
似乎響自隔世的心跳
那位飲馬的漢子剛剛過去
繩子突然斷了
水桶砸了，月光碎了
井的曖昧身世
繡花鞋說了一半
青苔說了另一半

烏來巨龍山莊聽溪

且以風雨聽
以冷聽
以山外的燈火聽
那幽幽忽忽時遠時近的溪水
夜色中，極目搜尋
那聲嗚咽響自何處
什麼地方都找遍了
就是忘了橫梗胸中的那一顆
圓圓的卵石

雨想說的

在頂好市場購得一把雨傘
其實當時並未下雨
胸中只有燈火，了無濕意
其實買它只是為了丟掉
我真的買了一把雨傘
其實我想說的
正是雨想說的
流過你窗外的淡淡的水跡想說的

狼尾草的夏天

遍山的
毛茸茸的尾巴
輕撫著夏日晴朗的天宇
山坡地
起伏如動情的小腹……
狼尾草追逐著風騷的蒲公英
蒲公英追逐著
正在低頭吃草的羊齒植物
含羞草看到一隻毛毛蟲爬過來
猛然縮起了頸子
晴朗的天宇下
生命與夢都是綠的

這是我們的大地
富饒而多慾，不斷地
懷著孩子
任綿綿後嗣走遍了草地，沼澤，懸崖
承受自然的恩賜和劫難
有的巍為高聳的孤松
有的萎為風雨中的敗葉
不論大化如何運轉
不論生命將化為青煙，或蝴蝶
這是我們永遠依附的大地
唯一的真實
僅有的美麗

走向王維

一群瞌睡的山鳥
被你
用稿紙折成的月亮
窸窸窣窣驚起
撲翅的聲音
嚇得所有的樹葉一哄而散
空山
闃無人跡
只有你，手撫澗邊石頭上的濕苔
啊！都這麼老了
滿谷的春花
依時而萎
天寶十年？十二年？十五年？

生得，死得，閒得
自在得如後院裡手植的那株露葵
而一到下午
體內體外都是一片蒼茫
唯有未乾的硯池
仍蓄滿了黑色的嚣騷
於是，懶懶地，策杖而行
向三里外的水窮處踱去
佇立，仰面看山
看雲，靉靉靆靆地
從你荒涼的額上淡然散去
這時乍然想到一句好詩
剛整好吹亂的蒼髮又給忘了
前些日子，有人問起：
你哪首詩最具禪機？
你閒閒答曰：
不就是從「積雨輞川莊作」第三句中
漠漠飛去的

那隻白鷺
語畢，一衣襟的紫苜蓿
沿著石階一路簌簌抖落
秋，便瘦瘦地
隨著猶溫的夕陽
閃身進入了你蕭索的山莊
山雨滂沱的日子
校書
坐禪
飲一點點莊子的秋水
或隔著雨窗
看野煙在為南山結著髮辮
偶爾，悻悻然
回想當年為安祿山所執的
種種不甘
一天便這般瑣瑣碎碎地
或立，或坐，或擲筆而起
及至渡頭的落日

被船夫
一篙子送到對岸
院子的落葉一宿無話
晨起
負手踱蹀於終南山下
突然在溪水中
看到自己瘦成了一株青竹
風吹來
節節都在搖晃
節節都在堅持

我走向你
進入你最後一節為我預留的空白

河畔墓園

——為亡母上墳小記

膝蓋有些些
不像痛的
痛
在黃土上跪下時
我試著伸腕
握你薊草般的手
剛下過一場小雨
我為你
運來一整條河的水
流自
我積雪初融的眼睛

我跪著。偷覷
一株狗尾草繞過墳地
跑了一大圈
又回到我擱置額頭的土堆
我一把連根拔起
鬚鬚上還留有
你微溫的鼻息

杭州紙扇

——題贈瘂弦

（唰的一聲）

知

乎

水

月

詩人信手題的四個大字
便如西子動情的小腹
在嘩嘩的水聲中
赤裸地
一一展現

收攏紙扇
細腰的蘇堤
又一寸寸地
折進了
夢中的晚秋

你最好把扇子擱在窗口
風來時
當可聽到隔世的啁啾
那便是
柳浪聞鶯

西湖二堤

白堤

白居易是不是一個浪漫派
有待研究
而他的的確確在一夜之間
替西湖
畫了一條叫人心跳的眉
且把鳥語，長長短短
掛滿了四季的柳枝
啁啾了千多年才把我
從夢中吵醒
早餐是一窗的雲
外帶一壺虎跑泉水泡的鐘聲

飽得打嗝
但散步到堤上
又補了一頓
被荷葉吃剩的秋風

蘇堤

只為等我到此一聚
蘇堤打扮了好幾百年
於今，水牽我而來
讓我坐在
蘇東坡橫躺過的湖中
只見水面走來
一位打著花布洋傘的女子
他想的是朝雲
我想的是水月
我跑到橋上俯首細看

原也是
花暗柳明的另一個陷阱

豐年祭的午後

通向光復村的馬路
迤邐而西，似乎要在日落之前
匆匆趕回某個部落
當來意不明的陣雨嘩然而退
我們已走過
山與山之間
由蟬鳴拉起的棧道
歌聲
如山花般
爆燃
豐年祭的舞者匍伏如薊草
膜拜，又山一般躍起
一座嶺

再
一座嶺地
起伏、湧動
太陽下獵刀的閃光
驚起
山鳥振翅亂飛
一隻野豬奔馳突圍
狂笑，標槍，激射的血
構成一種野性的韻律
一種動情後的亢奮
應和著大地的脈息
歡樂
以及千年累積的沉鬱
在山那邊
水那邊
在圖騰似的
紅標米酒浸泡過的臉上
夕陽，正向老酋長的

深邃而蒼茫的雙目中墜落
廣場上，歌聲已歇
人群逐漸散去
而酒醒何處？
那年輕的舞者發現自己
依然躺在
麋鹿昨日喝水的澗邊

向日葵

太陽俯身
對一株小小的向日葵說：
我給你光
給你體血
給你豐實的
孕育後嗣的子宮
給你穩穩擎起一天湛藍的膂力
因而你報我以
千年的仰望

向日葵的頭
轉了三百六十度
又反轉了三百六十度

之後問道：
太陽，你在哪裡？

朗誦一首關於燈塔的詩

我要向你們
朗誦一首關於燈塔的詩
一首
黑夜如何被一道強光
追殺，撕裂
而後撞成一個大洞的詩
一首以和諧的節奏
撫平風浪
以燃燒的意象
煮沸海水
以詭異的隱喻
詮釋落日的詩
一首被島上的燈塔

燈塔中的夢
夢中的晚潮
舉起而又輕輕放落的
詩

我要向你們
朗誦一首
彈著銅琵琶
敲著鐵綽板
且配以大油輪進港時的汽笛聲
東坡式的
驚濤裂岸，捲起千堆雪的詩
一首寫給潮汐、海鷗、岩石
以及千年前就一直停在那裡的
一朵晚雲的
詩

我要向你們

朗誦一首
用風沙洗過
用月光醃過
攤在防波堤上曬乾過
而後供給海底的水魂
慢慢撈起享用的詩
一首
風停了
燈熄了
守塔人睡了
討海人以夜色寫完最後一句遺言
而太陽又將從
海的另一面嘩然升起的
詩

西瓜

白色的瓷盤旁
冷冷地擱著一把水果刀
再過去
是一小碟子鹽巴

西瓜無言

還來不及呼痛
刀光一閃而過
不知何時飛來一群青蠅
伏在窗口
唱起夏日最後的輓歌

甘蔗

被腰斬的
說是最挺拔的
被剝削的
說是最甜美的
被壓搾的
說是最多汁的

解剖學原本是
建立在理性而精確的刀法上
呸，呸，呸
吸盡精血，吐出渣滓
幸好
痛，越啃越短

再也沒有什麼可傷害的了
當手中只剩下
一顆鬚眉不全的
粗鄙的頭

山寺晨鐘

滿山濃霧
為天地佈下一大片空白
山寺
剛做完一場荒涼的夢
晨鐘便以潑墨的方式
一路灑了過去
哐地一聲撞在對面山頂上
回聲中夾雜著
地平線下太陽分娩時
陣痛的叫喊

桌子的獨白

我決心不向拉鋸子的人
喊痛
哼哼唧唧，木屑紛飛
骨頭錯裂聲中我逐漸成形
割成條狀，切成方塊
於我木質的魂魄中捶進去
一大堆陰險的釘子
陡然於天旋地轉中站了起來
四條腿，分佔了
宇宙的四個方位
謀求所謂平衡，無非是
易於任人擺佈
深山中我從來只靠一隻腳

獨立蒼茫，照樣可以
把落日踢成明天的太陽
自從被折磨成一張桌子
我開始習慣你們這種
後現代主義的作風
當我那刨得傷痕累累的臉
連帶哭聲
嘩地被一塊血紅的桌巾罩住

此後便宿命地
守著年輪中日漸乾瘦的沉默
有時偶爾也會想起
那些亡命於火焰中的膚髮和手腳
只好裝做聽不懂
飛灰中頻頻傳出的驚呼
至於那群山限水涯的兄弟
有的輪迴為窗
有的應劫為門

他們把怨氣全部宣洩於
夜半風來時一聲顫悸的咿呀
曾是山的子嗣，水的近鄰
鳥雀呼朋喚友，與我
共度過多少夕陽蟬鳴的下午
天廣地闊
一切都在風雨中生長，相互包涵
我甚至容許
一窩毒蛇在腹內過冬

歷盡萬劫
而最後的不幸是被製成一張桌子
一張
憨厚老實　而
視為木訥的桌子
一張
行事穩重　而
說成老邁的桌子

一張
怒拳搥過刀子插過
骯髒的鞋子踐踏過的桌子
然而，在議事廳用唾沫寫歷史
是你們的事
酒過三巡　而民主
仍浸泡在醬油碟子裡不見浮起
也是你們的事
大塊吃肉大碗喝酒之餘
幾個醉漢把我連翻數個跟斗
可不是你們的事
折骨椎心
我仍然沒有喊痛
只靜靜地蹲在牆角
吐出滿嘴的碎牙　以及鐵釘
以及屬於一張桌子的
木木的
悲哀

後記：赫魯雪夫曾在聯合國會議上以髒鞋猛敲桌子，已成國際笑談。而台灣國會打架鬧事，繼而酒肉交歡，在台灣這是司空見慣之事，所謂「民主」也就不過如此。記得若干年前有某國會議員在總統招宴中，故意對著電視鏡頭一連推翻了數張桌子，海內外騰笑一時，而我目前仍腰痠背痛……

曇花

反正很短
又何苦來這麼一趟

曇花自語，在陽台上，在飛機失事的下午
很快它又回到深山去了
繼續思考
如何　再短一點

秋之死

日落前
最不能忍受身邊有人打鼾
嘮嘮叨叨，言不及義
便策杖登山
天涼了，右手緊緊握住
口袋裡一把微溫的鑰匙

手杖一陣撥弄
終於找到一枚慘白的蟬蛻
秋，美就美在
淡淡的死

無題

打鼓的
鼓槌請借我一下
掘墓的
燈火請借我一下
放風箏的
天空請借我一下
寫詩的
帶骨頭的句子請借我一下
吹嗩吶的
小小的悲涼請借我一下

日落象山

好多人在山頂
圍觀
一顆落日正轟轟向萬丈深谷墜去

讓開，讓開
路過的雁子大聲驚呼

話未說完
地球已沉沉地喊出一聲
痛

布袋蓮的下午

下午。池水中
擁擠著一叢懷孕的布袋蓮
這個夏天很寂寞
要生，就生一池青蛙吧

唉，問題是
我們只是虛胖

印象（四題）

行過墾丁草原

也許是正午
也許是黃昏
好像有人在此驟然亡故
我隨著陣雨行過這裡也正是
大地受孕的那一頃刻
無所謂卑微
牛群啃光了我額上的草
這裡隨地可撿到永恆的東西
一頂遮陽帽可以戴到死
濤聲在遠方
薊草鋪天蓋地而來

梵谷絕對畫不出這麼大的虛無

美濃鄉村偶見

久久俯視這口水塘
你能說這不是一池淚嗎？
水中的倒影
從祖父犁頭開始生鏽的那一年
便已僵住不動

老屋裡棄置一把黑雨傘
它背後孵出的
蟋蟀的夢
卻永遠是濕的

八斗子物語

晚潮中

八斗子港灣的漁船在爭相傾訴
生之悲愴
船上，陰鬱的釘子
緊緊抱著一塊腐朽的木頭入睡
鼾聲中，徐徐吐出
滿嘴的鏽味

平溪八行

運煤的小火車駛來像一則荒涼的傳說
遠遠望見牛背上
蹲著一隻白鷺鷥
以及，我的童年

礦區的雨特別涼
身後落葉沙沙，行板如歌
傘下的心事
盡是去年橘子的味道

泥鰍十九行

頻頻製造騷動
卻無
任何事件發生
牠安靜地藏身在
一口又黑又深的陶甕中
無須為
終究未能進化為一條蛇而自傷

牠在水中
閒著無聊便捏土做夢
大多很短
濃稠的黏液
卻把惡運拉得很長

當大地
被身子偎熱了
牠仰起卑微的頭
呵欠
一個與整個宇宙有關的
孤獨的泡泡
從泥漿中冒出

出三峽記

鑼聲，多年前就響過了
出川的船
載我緩緩駛向綢質的天空
啟碇後霧開始虛構一些水的神話
秋，佔領了瞿塘峽的第幾峰？
汽笛咻咻

十月的長江
一把寒劍嗤嗤穿透蒼古的層巖
沿岸的楓葉以血掌印證
船頭是水雲的故鄉
船梢尾隨一群過龍門時割傷的魚
我在劍刃上行走

船靠酆都
水底的亡魂紛紛在此登岸
而過客如我者行過奈何橋又豈奈我何
只是難免想起一些漂浮的衣裳
一些靈魂乾涸而皮膚潤滑的
。。。。。。。。。。泡沫

濁浪滾滾，一翻身
又奔回另一個煙雲渺茫的年代
關公的馬，張飛的矛，劉備無淚的哭
千年前舟中飲者常把自己的嗆咳
誤作隔江的猿嘯
唐人連打酒嗝也作興押韻

如果策馬而來
午夜不辨蹄聲濤聲又是另一番淒惻
江行千里，愈遠愈冷

雪，將落在我的心中
融化於
當年沉船激起的漩渦裡

蕭森的巫峽已過
吠日的犬聲已是昨日的驚愕
背後江流急急奔來疑為一支伏兵殺出
悚然回顧，我的頭
幾幾乎撞亂了
神女峰清晨剛梳好的髮髻

赤壁，只要再做半個夢就到了
讀史人俯身向水發問：
誰是焚舟沉戟的英雄？
孟德是，周郎是
蒼苔更是
一股勁兒往斷崖上爬

而大江
不論東去西來，不論浪淘盡什麼魚蝦
總得流經我的胸口才會洶湧起來
銅琵琶才會鏗鏘起來
蘇翁的念奴嬌才會風騷起來
江水洗過的漢字一一發光

整個航程中只惦著一件事
我能通過上升的鳥道
找到屬於自己的星座？
我痴痴望著
舵尾載沉載浮的童年
及至一個浪頭撲向舷側的倒影

倒影一面咋舌
一面沉思
逃入鏡子裡便可免去一場風暴？
不料前面又遇上西陵峽擋道

我盡量把思想縮小
惟恐兩岸之間容不下一把瘦骨

城市悲風

大風起兮
滿城囂騷
鎮暴水喉射完最後一次精
便此癱軟
一如國會打瞌睡的頭
重慶南路剛下過一場藍色的雨
遊行隊伍一個個
都跑進積水的倒影中去了
另一群漢子
從股市的廢墟中撤退後不再勃起
好像
突然被人拔掉了插銷
廣場的旗

痴呆地望著天空
回想當年三呼萬歲的那種盛況

愛的工作坊尚未開張
子宮已宣告打烊
當所有鮮花都挽救不了鏡中的蒼白
在眾多主義中
我選擇一條乾淨的內衣
我辦事從不講究透明度
絕不讓
水族箱的魚
當眾交配

有時無奈
比
無聊好些
有時一盞淺淺的燈
比

一部歷史好些
我懂的哲學比時間多得多
電力公司的人爬到屋頂去修理老舊的太陽
而落日
照例按時墜地，鏗然有聲
此刻，不知你注意沒有
最為壯觀的
是一群盲了的蝙蝠
從天堂大廈的頂樓旋舞而出
作
死亡之
編隊飛行

其中的
我
正脫隊
向另一星球加速飛去
在靈魂與空氣的劇烈磨擦中

搜尋著
前世即準備來此
應劫的
自己

總之
這裡的太陽除了釀酒必須再做點什麼

月光房子

我蹺伏
於你暖暖的燈火深處
那是光的引力
那是地熱的核心
那是雪
和太陽的臨界點
那是大草原
飛鷹盤旋其上
那是死之沼澤
雷聲響自大地
那不也是望之魂飛魄散的
萬仞懸崖？
實際上那是一間

用月光砌成的房子
一壺
以鮮花引火
以夏日驟雨烹煮的濃茶
或者是
一本厚實而溫和的書
悅納我
吸吮我
摺我入一黑格子的夢
最後又將我
還原為一張空白的紙
回首環顧，只見
一屋子
易燃的舊事
一點火便把我燒了

禪味

禪的味道如何
當然不是咖啡之香
不是辣椒之辛
蜂蜜之甜
也非苦瓜之苦
更不是紅燒肉那麼艷麗，性感
那麼膩人
說是鳥語
它又過份沉默
說是花香
它又帶點舊袈裟的腐朽味
或許近乎一杯薄酒
　一杯淡茶

或許更像一杯清水
其實，那禪麼
經常赤裸裸地藏身在
我那只
滴水不存的
杯子的
空空裡

水墨微笑

不經意的
那麼輕輕一筆
水墨次第滲開
大好河山為之動容
為之顫慄　為之
暈眩

所幸世上還留有一大片空白
所幸
左下側還有一方小小的印章
面帶微笑

香港的月光

香港的月光比貓輕
比蛇冷
比隔壁自來水管的漏滴
還要虛無

過海底隧道時盡想這些
而且
牙痛

信

昨天收到一封信
打開信封發現只有一撮灰
撥開灰燼看到一張臉
果然是你，只有你
深知我很喜歡焚過的溫柔
以及鎖在石頭裡的東西

大鴉

牠又從我落葉紛飛的額角掠過
清晨，啼聲高吭而冷
攝氏10°
其中一句，我相信
可能比天堂的溫度還低
蹲在屋脊上，面對太陽
開始設想
今天要做的一件殘酷卻不偽善之事
那最後的虛無，與牠
全身的黑無關
而傳說中的風風雨雨　和
吉祥與否無關

白楊索索
群鴉總是早我一步找到秋天
牠們沒有甚麼可絕望的，牠們
總是早我一步
飛起，上升到
高空，不可逼視的悲涼
晚近我們都選擇了獨處
選擇了
一棵最高的樹
睥睨，風骨就讓它懸在風中吧
僅僅一隻腳即足以對付任何歲月的詭異
雙翅搧動
輕輕擊出宇宙的節奏
那是太陽的呼吸
我的呼吸

白色的喧囂

棲於最高點
而滿身涼嗖嗖的一輪冷月
正是我
去年收割的
唯一的一句詩

半夜
心中皎然
我沿著四壁遊走
心驚於
室外逐漸擴大的
白色的喧囂
一列火車從雪原上迤邐遠去

寄遠戍東引島的莫凡

從激切的琴聲中
我聽到
你衣扣綻落，皮膚脹裂的聲音
啤酒屋裡
性徵與豪語同驚四座
之後是聯考，補習班
是鬧鐘和腦細胞的叛逆
是春天
春天裡內分泌的大革命
之後是失戀
頻頻用冷水洗頭
孩子，搞戀愛怎能像搞夕陽工業
想必這個夏季

你又潦草度過
亦如我這
以語字鎔鑄時間的人
汗水攪拌過的意象
一句也未發酵

睡在
兇猛的海上
只怕夢
也會把枕頭咬破
風，搞不清楚從哪個方向來
你說：冷
只好裹緊大衣
抱住火熱的槍
下半夜，以自瀆的頻率
顯示成長

用小刀割開封套

一陣海浪從你信中湧出
那些字
沙沙爬行於我心的方格
你說寂寞炒螃蟹
不加作料也很有味道
你把吃賸的一堆殘殼寄給我們
淡淡的腥味中
我真實地感知
體內浩瀚著一個
宿命的
孤絕的
海

成長中你不妨試著
以鬍渣，假牙，以及虛胖
以荊棘的慾望
以一面受傷的鏡子
以琴弦乍斷的一室愀然

以懸崖上眺望夕照時的冷肅
去理解世界
刀子有時也很膽小
掉進火中便失去了它的個性
切切記住：
眾神額頭上的光輝
大多是疤的反射
想想世人靈魂日漸鈣化的過程
便夠你享用一生

秋涼了，你說：
燈火中的家更形遙遠
我匆匆由房間取來一件紅夾克
從五樓陽台
向你扔去
接著：
這是從我身上摘下的
最後一片葉子

後記：吾兒莫凡抽籤而得以分配外島東引服役，純係機率問題，無可怨尤，但他的母親總不免有愛子「發配」荒疆的感覺，拳拳關切之情，可想而知，我則較重視子女成長中所需自我學習和客觀環境磨練的過程。詩中的瑣瑣碎碎，看似不著邊際，卻道出一些親子之間非散文語言所能表達的隱密情愫。時值深秋，愁結難宣，且以詩作書，既寄情遠戍的親子，也寫自己蒼涼的老懷。

詩的葬禮

把一首
在抽屜裡鎖了三十年的情詩
投入火中

字
被燒得吱吱大叫
灰燼一言不發
它相信
總有一天
那人將在風中讀到

絕句十三帖

第一帖

玫瑰枯萎時才想起被捧著的日子
落葉則習慣在火中沉思

第二帖

所有鮮花都挽救不了鏡中的蒼白
繞到鏡子背後
我看到一堆化石

第三帖

牆上一根釘子有什麼可怕
可怕的是那
釘進去而且生鏽的一半

第四帖

夏蟲望著冰塊久久不語
啊，原來只是
一堆會流淚的石頭

第五帖

風息後，蜘蛛忙於修補
那張由別人夢魘織成的網
最後連自己的不幸也織了進去

第六帖

人人每天都要刷牙
而國會麥克風的牙齒從來不刷
任細菌擴散

第七帖

嫌空氣太髒
我把皮膚翻過來穿
除了我
全世界的人都在喊痛

第八帖

愛情不作興預約
說來就來

蛇咬人從不打招呼

第九帖

擦槍擦了四十年的老班長
於今坐在搖椅上
輕輕地刮著滿身的鐵鏽

第十帖

雨停了
電視裡一場大火燒死了幾個聖人
雨，忽然又下了起來

第十一帖

我在尋找一雙結實的筷子
好把正在沉淪的地球挾起來

第十二帖

一尾被釣起的魚
身在半空仍嘀咕不休：
這是我一生最重要的選擇，可不能出錯

第十三帖

春天真好
萬物各安其生
雀鳥啁啾只不過是蟲子驚叫的回聲

雨從何處來

從山上
從窗外
從屋簷
從眾荷的鼓噪中來
從石頭內部
蛐蛐的寂寞的鳴叫中來

不
從你這冷冷的
問話中來

蟑螂

他們曾說過愛我
最好的方式是：用火

作為一種存在
我從垃圾堆裡覓食
和摟著一隻殘蛻做愛
乃是源自同一的衝動
億萬年以前我就已知道
無論在他們抽屜或歷史裡產卵
都是一種必要之惡
作為一種存在
我從不諱言好色
死亡是第一次也是最後一次高潮

常常被逐出這個家
逐出這個世界
當然最好能逐出自己的醜
我那身陰鬱的軀殼
在腳掌下嘎嘎作響
真沒有想到我輓歌的節奏
竟然如此輕快

作為一種存在
從黑匣子裡我找到了沉默的理由
——無言正是對語言最大的敬意
我以觸鬚感受悲哀
我把自己定位為一隻帶翅的
卻又鄙視飛行的東西
其實不幸之事早已發生
當年在一次驚險的輪廻中
差那麼一步竟未能變成恐龍

作為一種存在
我不斷學習如何逃避他們的追捕
學習如何在這嚴酷的世界中
把自己變得弱小而畏葸
如何把所有的房間挪空
以便容納
我一窩卵的
虛無

蒼蠅

一隻蒼蠅
繞室亂飛
偶爾停在壁鐘的某個數字上
時間在走
牠不走
牠是時間以外的東西
最難抓住的東西
我躡足追去，牠又飛了
棲息在一面白色的粉牆上
搓搓手，搓搓腳
警戒的複眼、近乎深藍
睥睨我這虛幻的存在
揚起掌

我悄悄向牠逼近
搓搓手，搓搓腳
牠肯定渴望一杯下午茶
牠的呼吸
深深牽引著宇宙的呼吸
搓搓手，搓……
我冷不防猛力拍了下去
嗡的一聲
又從指縫間飛走了

而・牆上我那碎裂沾血的影子
急速滑落

汽車後視鏡裡所見

透過一個鎖匙孔
我看到一個城市在後退
　一群猶太人在前進
我看到一條河在後退
　岸在前進
水在後退
　泡沫在前進
船在後退
　釘子在前進
魚在後退
　鱗在前進
我看到滿街的醉鬼在後退
　酒瓶在前進

娘兒們在後退
　奶子在前進
和尚在後退
　戒疤在前進
糧食在後退
　耗子們在前進
大爺的骨骼在後退
　一身肥肉在前進
我還看見
一排長長的嬰兒車在後退
　墓碑在前進

鏡子裡
我看見一團黃塵在滾動
灰塵裡，一串串
發亮而帶血腥味的銅錢
在滾動
好多好多的

汽車後視鏡裡所見

銅錢
只有它娘的銅錢
在滾動

鞦韆仍在晃蕩

人散了
鞦韆仍在晃蕩
夕陽仍在晃蕩
那女子的髮
仍在晃蕩
直到
把月光
扔上了樹梢

再回金門

這次的砲聲是來自深沉的內部
而外面
是正在漲潮的沙灘
海的舌頭一路舔了過去
及至碰上一枚地雷
突然在歷史的某一章節爆炸
至於誰是那埋地雷的人
迄今已無人追究
當史家擲筆而起
只見血水四濺，一滴
飛入對岸鼓浪嶼的琴聲
一滴，已在太武山頂風乾

秋天，我又回到這醉人的酒鄉
昨夜拒絕有砲聲的夢
卻無法拒絕隔壁的鼾聲
更不可能拒絕酒瓶，拒絕秋風中
木麻黃的寂寞
十月，沒有銅像的島是安靜的
砲彈全部改製成菜刀之後
酒價節節上漲
這是可以理解的
在親朋好友的宴席上
我終於發現
開酒瓶的聲音
畢竟比扣扳機的聲音好聽

西湖瘦了

十月，我走近她
走進她的內裡
走進她瘦瘦的笑容中
我走進水裡煙裡
她盈盈的眸子深處

她確實消瘦了許多
瘦得如夏日細細的蟬鳴
風，把柳條盪過去
正好纏住了她的腰
纏成一寸一寸的
秋

白塔明明在左岸
忽焉又到了右岸
船搖過了廿四橋
也驟然瘦成了舵尾的一道水痕
煙雨三月
仍在櫓聲之外

註：雖有「煙花三月下揚州」之句，但揚州之美仍以十月秋色為最，此時名聞遐邇的瘦西湖猶如一成熟少婦，更見嫵媚。

夜宿寒山寺

晚鐘敲過了
月亮落在
楓橋荒涼的夢裡
我把船泊在
唐詩中那個煙雨矇朧的埠頭
夜半了
我在寺鐘懶散的回聲中
上了床，懷中
抱著一塊石頭呼呼入睡
石頭裡藏有一把火
鼾聲中冒出燒烤的焦味
當時我實在難以理解
抱著一塊石頭又如何完成涅槃的程序

色與空
不是選擇題又是什麼
於是翻過身子
開始想一些悲苦的事
石頭以外的事
清晨，和尚在打掃院子
木魚奪奪聲裡
石頭漸漸溶化
我抹去一臉的淚水
天，就這麼亮了

註：二〇〇四年金秋江南之旅，我曾有緣與詩人李岱松夜宿蘇州寒山寺三晚，並為該寺佛學院之僧人講禪詩。詩中所謂「石頭」，乃我個人的隱喻，暗指人潛意識中的慾念。

登峨嵋尋李白不遇

門敲過了
寺內無人
一陣山風穿堂而過
飄來一絲絲
吐酒的腥味

桌上橫躺著一把空酒壺
一片狼籍
一片遺忘
想必是
為了一首尚未完成的七絕折騰了半天
終於擲筆而去
留下一張殘稿

標題空著
酒杯空著
與爾同銷萬古愁
愁也空著
空如你那襲被月光洗白的長衫

黃河之水天上來
是酒該多好
莫使金樽空對月
無非是酒癮犯了的籍口
曾被說成飛揚跋扈的詩雄
但在夜郎的日子
夕陽下
你緊緊抱住自己碩長的影子
就怕它消失
寫清平調的心情不再了
寂寞有時，草蛇般
猝不及防地從腳底竄起

白髮與明鏡之間
突然發現少了那麼一段美學距離
這不就是昨天的事嗎？
酒醒後
冒出的第一個句子就如此驚人
把圍過來的猴群
嚇的一哄而散

雨，仍落著
只見霧裡飄來一柄油紙傘
仙一般你魅一般
你該回來了，但恕不久候
再等下去
就會耽誤我和老杜的約會
於是，我順手抓住
一把濕漉漉的鐘聲
就那麼一盪
便盪回到成都的

杜甫草堂

後記：二〇〇五年二月間，應成都市政府之邀前往參加首屆「海峽詩會」，其間曾應邀至西南交大講詩，並得與成都詩人楊遠宏、柏樺、翟永明、梁平、孫建軍等作詩酒之聚。二十六日在四川電視台記者陪同下遊峨嵋山。入山遇雨，峨嵋秀色盡藏於霧水朦朧中，山寺多處傳說均有李白的遊蹤，但遍尋不著，乃悵然而返。

異域

隔壁一句低音大提琴從左耳擦過雨便停了
飛過雪山拐了個彎即消失在十點鐘方位的那隻機
說不定就是從我那食譜飛出來的那隻
習於紅燒
耽於清燉
偶爾宮保
間或大千
也可能被禽流感姦淫過的老母雞
唐人街是雲是風雨是遍地垃圾是一塊老得走不動的碑
我捂著嘴不敢吐出來我看到
後街有兩個鬼鬼的男子在搞斷背山
在屋子裡種大麻今年肯定好收成
銀行下午3:30關門他突然闖了進來

對不起拿點錢來花花千萬別惹火了我口袋裡的槍即便是假的
Casino和街妓從不打烊他把自己玩軟了
他那只打火機打出的火已翹不起來
他望著那具吃角子老虎機嘩啦啦大洩其精而目瞪口呆

松鼠家族

我家園子裡有十株白楊，三株松樹，還有一窩五口之家的松鼠……

一

我從牠的瞳孔裡
看到不停轉動的貪婪
一種深灰色的
飢餓

在桃花鬧了一陣子又沉默了的
園子裡
牠，從這一棵，跳到
另一棵
又
另一棵

雙腳捧著
一枚青澀的桃子吃
把啃不動的核
冷不防砸在我的頭上

地球微微地
晃了一下

二

這一隻，我編號第二
純黑的
一種難以理解的黑，以及賊
牠把妻種在土裡的豆子
全都吃光

妻對著一株松樹
嚎啕大哭

牠躡手躡腳繞到
妻的背後
遞給她一把花生殼
還給你

三

牠在追逐
樹梢上的月亮
從初夏到深秋
月亮都給追涼了

這隻編號第三的
是一個思考者
牠捧玩著一顆
尚未成熟的果子

如玩弄歲月
牠把那些酸澀的日子
吐了一地

四

褐色的
剛長大的第二代
躲在樹葉後面
窺視：
媽媽把吃剩的半只蘋果
埋在雪的孤獨中

牠躍下地來
在雪堆裡拚命的挖
專注地挖
最後，終於挖出了
另一半孤獨

四月之暮

夕照裡
一
群
雪
雁
銀練般嘩哩嘩啦
降落在學校的草坪上
順便
拽下了
一顆巨大的落日
（孩子們
剛投進一只籃球）

不久
牠們又嘻嘻哈哈地飛走了
帶起
一縷長長的孤煙
以及，我怔怔望著的
遠方

斯人

酒瓶打翻了
捕鼠器忙了一夜
只夾住一小片寂寞
太陽遲遲從枕邊升起
一切又恢復了秩序
摸摸頭顱，還在
這次輪迴沒有被輪換掉
於是，他把昨夜被耗子啃剩的時間
折好
和明天要用的雨具，好好
收起，好好
存放在
專門收藏霉味的記憶裡

隔壁傳來的笑語
幾疑是章回小說裡的春花秋月
而夢中那幾幅好山好水
可惜呀，被陣陣的鼾聲揉碎

次晨，幸好又恢復了秩序
於是他開始
理性地梳洗，看報，如廁
非理性地
把壁鐘撥回到去年那個難忘的雨天
然後細數鏡子裡的魚尾紋
然後苦思
下一句該怎麼寫

我說老鴉

要麼你就下來
別老像一團黑雪
蹲在屋頂
那個除了上帝什麼也沒有的地方
在這個虛構的城市裡
我因你的聒噪而失語
因你的沉默而起戒心
你在高處
習慣了各種危險
睥睨的眼神亂轉
樹林跟著轉
天空跟著轉

我滿屋子的寂靜跟著轉
你請下來吧
白楊正向你伸出和善的手
承接你
如要降落在我的房間也行
但請稍待
容我把月光推出窗外
敞開胸懷
接納你
和你全部的黑

要麼你就飛走
我幾乎無法忍受
你那刺破層層濃霧
像刀子叫嘯而來的啼聲
你的聒噪有腐葉的味道
時間腥膻的味道
但由於冷傲

你的啼聲日漸消瘦
如我紙上的墨跡
逐日淡化為一種
好像不曾存在過的記憶
那你就飛走吧
別讓你的喧鬧
掩蓋了我心中
很久很久才響那麼一下的鐘聲
我也要走了
讓我們
如一根不斷後退的地平線
向遠方逸去
如雪
緩緩地化去

鳥語

一張嘴
便是笑容滿面的舒伯特
顯然，牠們有了好心情
春是理由之一
所有的花朵
都瞇著眼，翹著唇，豎起耳朵
傾聽深山裡
雪的
脫胎換骨後放肆的笑聲
總之，牠們開懷地唱了
把柳枝上的新綠
醉得
搖搖晃晃

突然牠們全都啞了
怔怔地望著
一隻毛毛蟲
緩緩地爬進了花蕊

花事

前院的芙蓉花提前笑了
是不是有點青樓女子的媚態
妻問

這個問題……很抱歉
我已脫了衣衫
等洗完澡再說
等清除了體內那位佛洛依德
再說

浴缸的熱氣一直往上升
及至
花
謝了

習慣

習慣火的沉默
請讓我在灰燼中小睡片刻
眾神噤聲

習慣沾點酒在鏡面上寫字
字跡淡去
而酒氣卻從白髮間裊裊而出

習慣倚窗獨坐
日出，月落
我的思想已乾澀成一撮頭皮屑
習慣在雨天吹奏口琴

你可以聽到從口水中釋出的哀怨？
還有那金屬的執拗

習慣於冷戰年代的驚慄
我經常夢見一群鴿子在菜單上踱步
烤爐中升起一股青煙，如刀

習慣於市場經濟的凶險
只要頭上頂著一張鈔票
不怕雨來不怕晴

習慣在雷聲中解讀明天
春終於有了消息
我想飛，但看到孔雀開屏的樣子就想笑

習慣聽到落葉的竊竊私語：
啊！這麼快又到了秋天
樹梢上的月亮默不作聲，群星窸窣

習慣於風的個性，雨的邏輯
恣意吹襲，沒有方向
貓有貓道，狗有狗道，可道非常道

習慣守望著一盞卑微的油燈
從那朵小小的冷焰中
我看到油盡燈熄後的一道霞光

如此歲月

1

巷子裡
郵差推著一輛腳踏車
雨，在梳他的頭

誰的來信？
居然寄來一束白髮
我把鏡子
連同裡面那幅鐵青的臉
反扣在桌上
就這麼扣著
什麼也不讓發生

2

髮根裡藏著的靜電如要發出火花
據說需要一輩子的
摩擦
加上正負兩極緊密接觸時
冒出的一股煙

3

牛骨梳子
把上個世紀的頭皮屑
攏做一堆
思考性的
靈性的
與隱私性的
一些形而上的穢物
統統送進火葬場
化灰之後
也就不怎麼癢了

4

早晨
捏碎了一枚雞蛋
啪的一聲
震得兩臂生痛
滿掌的黏液
僅僅用一張
一次消耗性的日曆
無論如何
是擦不乾淨的

5

鼓破了
心跳仍在
弦斷了
歌聲仍在
舞台空了

掌聲仍在
房子塌了
寂寞仍在
茶涼了
沸騰仍在
船開了
風中的手絹仍在
嘴冷了
初吻仍在
啊，多麼致命的毒菌
幸好，遺忘仍在

6

裝在左口袋裡的一封退伍令
為何跑到了右口袋？
不得其解
鎖在抽屜裡一塊二兩重的勳章
為何第二天就成了半盎司的蟑螂屎？

不得其解

早餐時
煎蛋跑進了飢餓的眼睛裡
牛奶流進了乾癟的乳房裡
燒餅滾進了荒涼的落月裡
不得其解

我們被你理性地逼視了一百年
今天終於輪到我們以非理性逼視你
時間

7

蟬的沉默與戰爭無關
仗早就不打了
這個夏天牠把話都說完了
只是一些帶秋意的葉子
還有點牢騷

另一種顛覆

金庸顛覆了魯迅
魯迅顛覆了鎮上的阿Q
鞋子在十字路口苦笑
如何才能顛覆那堆
後現代風格的馬糞？
那人在屋檐下漱口
一陣咕嚕咕嚕
顛覆了我早餐的胃口
而麻雀
下了幾只蛋便飛走了
小小的蛋
什麼也不能顛覆
只好顛覆媽媽的巢

自傷

獨自坐在房間裡
燈火
與心事
還有停了的手錶
全都荒涼起來
看看牆上泛黃的照片
那些皺紋幾乎要爬出鏡框
偶爾背兩句「月下獨酌」
發現杯子裡的蛇影
竟曖昧地笑了
我無事常摸摸自己的頭
何時再長出青草？
可是又怕
夢裡跑出一群羊來

頓悟

慧能玩膩了鐘磬木魚
於是轉過身子面壁
以頭
撞牆

冬。
冬。
冬。
終於撞醒了春天
裂開的禿頭上
一朵妖嬈的玫瑰
含笑而出

給晚霞命名

璀璨耀眼的晚霞有許多名字
有人叫她桃花
有人叫她罌粟
有時叫蟬鳴
八月的聒噪有一種永恆感
有時叫水邊的倒影
彷彿三十年華的舊照片
冶蕩如髮，妖嬈如魚
騷笑得如一鍋滾燙的粥
偶爾也有人稱她為繡花鞋
籬笆後面的一朵殘菊
但更多的人叫她
一簍下市的番茄

她還有一個令人蹙眉的名字
叫做
入夜後的新娘
當然
視她為
孵著一顆落日的鳥巢
也沒錯

終歸無答

他習慣在沙灘上寫信
有些話被夕陽帶走
有些話被潮水沖走
寄居蟹路過時
又草草地
添了兩句

一只空罐頭
獨自唱了一下午
天地悠悠
水姓什麼？
海，沉下去又躍了起來
終歸無答
它再次沉了下去

懸棺

路人抬頭仰望
猜疑
沿著髮根節節上升
暗忖：螻蟻的穴處
通常築在有水的地方
那麼高也許只有
炊煙
和死亡夠得著

易於上天堂？
也算是一種說法
骨骼散了架
其實哪裡也去不了

他在風中
飄浮著
生前穿幾號鞋子
怎麼也想不起來

請入土為安吧
他偏不
就讓自己
問號那樣虛懸著

遠方

遠方
在鏡子的深處
在天空
那更遠的地方
其中折射出的容顏
比歷史更加蒼白
夢，繁殖著
陰毛般的寂寞
此生
匆匆而不草率
我認真地
以淚
趁熱擦拭那面鏡子

且墓碑般佇立在
遠方，在那
陣陣嗩吶吹起的
秋意中

在遠方
在鏡與灰塵之間
誰能搶救那副臉的蒼白？
你說
抹去就好
抹去了蒼白也就抹去了歷史
我便如一片枯葉
輕輕滑入
純粹的時間
或稱之為永恆
那種令人感到很悶的東西
而無常
總是在一堆碎玻璃中

找到它的前身
——那千萬個
　慘遭裂變的自己

在遠方
我確已看到
鏡中的那副臉
在一口井裡
自在地漂浮著
然後
快速地沉落下去
且溶解於
那深不可測的黑中

無聲（禪詩十首）

花落無聲

大麗花
開在後院裡
月亮翻過籬笆時
順手帶走一絲春天殘餘的香氣

葉落無聲

梧桐
被煙纏得面紅耳赤
一陣秋風把它們拉開
落葉滿階

月落無聲

從樓上窗口傾盆而下的
除了二小姐淡淡的胭脂味
還有
半盆寂寞的月光

雪落無聲

一行腳印……
冷清的寺院外
雪
落在老和尚的光頭上
化得好慢

日落無聲

夕陽
在鬆漆著一座銅像的臉

廣場無言

夜色
把他的臉抹得更黑

果落無聲

從一個不可預測的高度掉下來
停止在
另一個不可預測的半空

然後噗的一聲
秋，在牛頓的脊樑上

狠狠搥了一拳

潮落無聲

午夜的潮聲
最好從很遠的地方聽
太近了
你聽見的只是腳趾頭內部
關節炎的呻吟

劍落無聲

一陣寒氣吹過
劍已入鞘
飛濺的血水
早已在空中風乾

夢落無聲

清晨
夢，一個個從鏡子裡逃了出來
事後發現
最深的一層
還藏有
一幅蒼茫的臉

淚落無聲

千年前的一滴淚
掉在一本線裝書上
合攏書
仍可聽到夾在某一章節中的
時間的暗泣

春醒

枯葉
帶著蟲子
飛

歲月
不驚

蛺蝶
從穢土中悠悠醒來
一窩蛇
剛換了新衣
體香
有桃花的味道

魚之大夢

從龍門
一躍而掉在餐桌上，貶為
一盤豆瓣魚
這是我另一次輪迴的開始
水並不知道

宿命其實
是一種可以推演的邏輯
在深海，或
莊周負手走過的濠上
我一再夢見
億萬年後塑為化石的那種
粗糙的歷史感，夢見
網罟撈起了鱗甲，漏掉了落日

宿命和釣鉤都是一條彎路
唯死亡則是直直的，一直
通到廚房的砧板上
在油鍋裡翻了幾次身
總算應了這焦頭爛額的一劫
而所謂解脫
無非是生薑片，大蔥末
攪拌一湯匙的血腥
身為化石
我仍在堅持一個不朽的夢——
有一天把自已砸碎，而後
再以淚水黏成一條龍，而後
沖天飛去
（怕只怕
瓷盤中僅剩的一副殘骸，以及
水淋淋的夢
被貓
一口叼走）

紙船

駛往武陵桃花源
先得回到東晉太元那一年
至於外婆橋
以及水淋淋的童年
早已遍體青苔了

今宵暫泊何處？
只見一隻水鳥
斂翅　投向
冒煙的涯岸
我的紙船
遠比米羅畫的那一艘
要輕

因而在你黑瞳的漩渦中
沉得很慢

紙鶴

形而上的鬱卒
從一棵樹
旋完了最後一圈年輪時
開始

製成紙漿之前也曾怒過一次
從此她便新娘般馴服
且不得不屈從於刀子的囂張
而被迫進入一次意想不到的輪迴
一隻紙鶴便如此成形
懸於窗前等待凝成憂傷的化石
在此我日夜守候
一個秋的成熟，和無聲的墜落

一個欲飛的隱喻
一個瘦骨稜稜的女子，卻懷著
一窩待產的意象
我發現她竟是如此單薄而蒼白
使我想起敗了味的
三月桃花飄落泥地之前的笑聲
不過我寧願相信
一張空白的紙
比一本厚厚的羊皮經書更具說服力
她是神的
卻又全身散發出一團魔氛
她是傳言中
一匹不可解讀的葉子
在高處，她常常忘了自己的名字
卻牢牢記住被剪裁，被摧折，被碎成紙屑
而又重構為一隻鳥的過程
風中傳來聲聲哀鳴
隔著窗簾我嗅到了

雨水中的血腥味
我把她的身世和結局
寫成一首玄學派的詩
其中經過輕度發酵的寂寞
勢將使讀者兩眼發綠
她死去時
黃昏正跌跌撞撞下得樓來
今晚，我準備用一屋子的黑
想她

風雨窗前

風雨是不能細究的東西

窗前
一盆水仙
開始把粉臉
一層層
剝下來洗

然後就打起瞌睡來
頭
擱在
心情不濕，也不乾的
三月裡

灰面鵟

我們的臉竟然如此重要
世界
因它而灰
更重要的是
這副臉有時被解讀為
死亡的符號
一種蜥蜴裸屍的冷漠

我們從很遠的家園飛來
在此棲息。驟然聽到樹林中
獵槍擤鼻涕的聲音
我們的顏面
便頓時灰了起來

而變黑，是在子彈穿過肌膚
將我們領到一個不知名的幽境之後
羽翼的孤寂
從此傳染給每一次飛翔

故鄉，只是秋風中
一聲聽不清楚的呼喚
過客。過客。過客。
被瞄準，被誘捕
被視為「非我族類」的過客
槍聲乍響
便全身委頓如泥
如一首沒有骨頭的詩

在城市中我們使自己日趨腐敗
老去是其方式之一
期待明日的風景
將如何如何璀璨勢必是另一種徒勞

對泥土的痴戀
則是我們由卑微中提升的信念
我們從不革他人之命
也不做自己的浮士德
我們不想顛覆高空的過雁與寒蟬
也不願墮落
為一雙在路旁破口罵人的棄鞋
寒風中
我們只用一隻腳
便穩住了
地球的搖晃
剩下的力氣就只能做一件事：
以小小的死
陳述
小
小
的愛

禱辭

我已吃了你的魚和餅
請給我一支煙吧

我已戒了煙
請給我一點減肥藥吧

我已吃了半輩子的素了
請為我下半生宰幾頭羊吧

我為自己製作了一張沒有夢的床
請幫我遠離無明與恐怖

我把所有的債都清了

請告訴我色不是空又是什麼
我早就不三呼萬歲了
別再讓我看到鈔票上老頭兒尷尬的笑
我的歲月已夠嶙嶙峋峋的了
請把鏡子裡的苦笑還給我
聖經，道德經，心經我都倒背如流了
請給我最後一塊紅燒肉吧！

掌中之沙

生命猶如掌中之沙，還沒數清楚便漏得差不多了。

一把沙子
在掌心閑著
閑著而又動著
彼此緊緊挨著
而又一粒粒地相互推擠
搓著揉著，且繞著
一個巨大的磁場滾動
沿著細緻掌紋
滾著一種難以覺察的動
只滾動而不前進
從西風故壘滾到孤煙如刀
從倉皇的蹄聲滾到初醒的敦煌
從滄海的危機隱伏

滾到大地潸然淚下
從深山的一盞燈
滾到凡間的一個夢
它們互相碰撞，詛咒，相擁而泣
它們渴望一雙蚱蜢有力的腿
渴望風箏和它的天空
以及一只風平浪靜的枕頭

毋容多言，存在才是重要的
河知道，岸才是重要的
魚知道，水才是重要的
鳥知道，天空才是重要的
雲知道，被詩人比做衣裳才是重要的
雪知道，白才是重要的
路知道，鞋子才是重要的
臉知道，鏡子才是重要的
嘴知道，沉默才是重要的
但有時候

它們經常把存在的慾念
藏在不想遺忘而又
怎麼也忘不了的遺忘裡
於是不得不繼續滾動，加速地
滾動，加速地擠掉他人的存在
正因為不存在
大家便都心安理得地滾回到
各自的虛無裡

掌上的沙粒
只滾動，不前進
也不後退
沒有路，沒有遠方
它們害怕危巖與飛鳥
怕停滯不動，怕死亡
發生於骨骼與子彈的不期而遇
怕面孔與微笑的倉促解構
於是它們繼續滾動

滾動才是唯一的存在方式
一種抗拒絕望的方式
但就在左衝右突上下擠排
始終無法脫困的時刻
其中一粒
突然飛速地
逸出掌心
從手掌開始握緊的那一頃刻溜走
不見了，找不著了
它終於以不存在
抵銷了無常
拒絕了永恆

鏡子

鏡子笑了
我從它破裂的嘴裡走出
它第二次又笑了
我趦趄不前
我在玻璃柵欄前停住

鏡子哭了
我從它冰冷的眼淚中走出
走了一半淚就乾了
我從乾了的夢裡走出
我終於明白
沒有一面鏡子經得起摔
可它堅持不破

它不破
我也就賴著不出來

我在腹內餵養一隻毒蠱（隱題詩）

我與眾神對話通常都
在語言消滅之後
腹大如盆其中顯然盤踞一個不懷好意的胚胎
內部的騷動預示另一次龍蛇驚變的險局
餵之以精血，以火，而隔壁有人開始慘叫
養在白紙上的意象蠕動亦如滿池的魚卵
一經孵化水面便升起初荷的燦然一笑
隻隻從鱗到骨卻又充塞著生之恓惶
毒蛇過了秋天居然有了笑意，而
蠱，依舊是我的最愛

頓悟乃在吃下一本厚厚的佛洛依德之後（隱題詩）

頓悟　乃
悟中之大悟
乃在頃刻間忘記鎖門　卻
在永恆之中尋找鑰匙
吃飯穿衣原是一種
下意識必要的無聊
一種
本能，一種死前的不急之務
厚生之道據說先得熟讀
厚黑學，尤其是它
的結論部份
佛說佛說搞不清楚究竟要聽誰說
洛夫對鏡莞爾

依稀看到背後有人冷面而去
德行遍載史籍且滿街遊走
之乎也者無人聽懂
後面的鞋聲踢踏、踢踏、踢踏……

危崖上蹲有一隻獨與天地精神往來的鷹（隱題詩）

危機從來就埋得很深
崖高萬丈
上帝路過時偶爾也會
蹲在這裡俯視諸邦一一在焚城的火中崩潰
有些歷史是鼻涕與淚水的混合物
一陣天風把亙古的岑寂吹成
隻身闖入雲端不知所終的風箏
獨有它
與
天使共舞之後，奮力抓起
地球向太空擲去
精確地命中我心中的另一星球
神蹟般曖昧的存在

往往比傳言還難以揣測
來吧！請數一數斷壁上深陷的爪痕
的的確確
鷹，乃一孤獨的王者

我以目光掃過那座石壁上面即鑿成兩道血槽（隱題詩）

（另題：末代皇帝）

我是什麼？這個問題不難解答①
以前是一株讓人躲雨的大樹
目前只剩一堆落葉
光看皮膚便知道曾被大火燒過
掃進溝渠才發現耗子也比我神氣
過去的不提也罷②
那時眾神齊怒我毫不在乎
座位後面經常藏著一隻愛笑的蟋蟀
石匠竟然把我的名字刻成一撮粉末
壁龕裡的列祖列宗都哭喪著臉
上一代的血在體內鼓譟以致我無法
面對剪掉辮子的尷尬。我
即天，天是一塊無言的石頭

鑿開後驚見一隻癩蝦蟆跑了出來
成全牠我只好鞠躬下台
兩個朝代我僅抓到一根尾巴
道路走到了盡頭
血統書完全不能證明什麼
槽內的豬食我只搶到半勺

註：
①相傳袁世凱前世為一癩蝦蟆。
②文革期間，末代皇帝溥儀生活極窘，據說曾吃過槽內的豬食。

我不懂荷花的升起是一種慾望或某種禪（隱題詩）

我突然喜歡起喧嘩來
不過睡在蓮中比睡在水中容易動情
懂得這個意思我們就無需爭辯
荷，一遇大雨便開始鼓盆而歌
花萎於泥本是前世注定
的一場劫數
升華也者畢竟太形而上了
起始惹禍的即是這
是非之根
一刀揮去，大地春回
種種惡果皆種於昨天誤食了一朵玫瑰
慾念慾念，佛洛依德
望盡天涯看不到一盞燈火

或一隻竹筏什麼的
某年某月某日某某在此坐化
種瓜得魚不亦宜乎
禪曰：是的是的

背向大海

——夜宿和南寺

一襲寬大而空寂的袈裟
高高揚起
把整個和南寺罩住
在不太遠的前方
大面積的海，奮不顧身地
向灰瓦色的天空傾斜
木魚喋喋，鐘聲
夾雜著潮音破空而來
似乎看到大街上
許多張猛然回首的臉
面向大海
殘陽把我的背脊
髹漆成一座山的陰影

眼，耳，鼻，舌，髮膚，雙手雙腳
以及所謂的受想行識
全都沒了
消滅於一陣陣深藍色的濤聲
我之不存在
正因為我已存在過了
我單調得如一滴水
卻又深知體內某處藏有一個海
而當我別過臉去
背向大海
這才發現全身濕透的我
正從芒刺般的鐘聲中走出
一個碩大的身影
倉皇上了岸
身後傳來
千百隻海龜爬行的沙沙之聲
緊跟著的是
一滴好大的

藍色的淚
回頭我一把抓住落日說
我好想和你一塊兒下沉

夕陽餘溫猶在
岩石猶在
岩石內部深處的火焰與灰燼
俱在。沙灘上
那雙芒鞋猶在
彳亍，彳亍，彳亍，彳亍……
直到無盡的天涯直到
走出自己的影子
第一個腳印
一種慾望
第二個腳印
一聲驚愕
第三個腳印
片刻緘默

第四個腳印
多少悔憾
第五個腳印
幾近遺忘
第六個腳印
一個在時間中走失的自己
遠方的鐘聲
再次從骨頭裡溢出
迴蕩在
更遠更冷的
一盞深不可測的燈火裡
不知何時
發現岩石裡暗藏一卷經書
那是整個海也澆不熄的
智慧的火焰
倉促中醞釀著一種焚城的美
背向大海
我側耳傾聽

和南寺的木魚吐出沉鬱的泡沫
而背後的風景漸次開闊
季風拂過
掀起了大海滿臉的皺紋
我把自己躺平在一塊巨岩上
然後從胸口掏出
大把大把的藍
塗抹天空
我和魚群
除了一身鱗
便再也沒有什麼可剃度的了
而憂鬱則是第三樂章最後的休止符
唉，世上竟有如此完美的接榫
我的頭
剛好緊緊頂住孤獨的尾
這是一種解構式的文本書寫
主要表達的是
海藍透了之後的絕望

背向大海
我剛別過臉去
落日便穿過沉沉的木魚聲
向一個聽不到迴響的未來墜落
明天是幸福是災禍
怕連那塊突然站在我們面前的墓碑
也未必知曉。這且不說
重要的是
木魚會被敲破嗎？
木魚破了
是一種敲
不破也是一種敲
敲與不敲
反正都得破
破了不一定空了
而空又何須破
海空著

藍也跟著空
雲和霧一出生便是空的
夕陽是今天最後的空
我的眼睛
原是史前文化遺留下的
一座空空的塚
其中埋葬一個
無知卻是先知的海
一頭溫馴的獸

當我別過臉去，背向大海
我暗地窺伺它的平靜
卻又無動於衷它的蠢蠢欲動
有事沒事它都會對空叫嘯
要我今日追求光明明天擁抱寂寞
忽焉海面全黑
咋辨，水蜘蛛般我遲疑不前
卻又自以為內心明亮如燈

其實是星光在鏤刻我的透明
而海，只會使我想起擱淺的船以及
被月光摟抱得
口乾舌燥的甲板與纜繩
沉臥水底的指南針，仍在
東
西
南
北
亂指一通
這時微月初升
海的平靜見證了
暴風雨的荒誕，彩虹的虛幻
也見證了它自己成熟之前的叛逆
但海仍有其宿命，我有我的無奈
無奈之極於是我發現
一粒鹽開始在波濤中尋找
成為鹹之前的苦澀

存在先於本質
苦澀永遠先於一滴淚
淚
先於眼睛

背向大海
和南寺的鐘聲再度響起……

註：和南寺坐落於花蓮海濱，在孤寂中營造出一種罕有的寧靜。詩人愚溪居士常年在此參佛、誦經、寫詩。二〇〇五年我曾應他之邀在該寺盤桓數日，朝夕在濤聲、木魚與鐘磬聲中沉思、默念，深深體驗到生命無比的豐盈與安詳，也感受到宗教與大自然相互交融激盪所產生的神秘力量。

唐詩解構（十一首）

小序

最近我寫了一系列「古詩新鑄」的創新作品，冠以總題〈唐詩解構〉，乃我個人創作的一種實驗性工程，一種謀求對中國舊體詩中的神韻的釋放企圖。我不是戀舊，更無意復古，而是希望從舊的東西裡尋找新的美或一些久被忽略、現代人未曾發現過的美。著名湘人詩評家、散文家李元洛著有《悵望千秋——唐詩之旅》一書，對唐詩意象之精美、詩境之玄妙作了深入淺出的生動解讀與深刻評析，而我的〈唐詩解構〉則是另類手法。我在唐詩中也「悵望千秋」，卻無「一灑淚」的情緒，而是知性地拆解它，又感性地重建它，給予它一個全新的生命。

首先我選出一些我最喜愛，也是大家耳熟能詳的唐詩，都是名家名作，包括李白、杜甫、王維、孟浩然、李商隱等大詩人的作品。我的做法是盡可能保留原作的情感與意境，而把它原有的格律形式予以徹底解構，重新賦予現代的意象和語言節奏。

所謂「解構」，大家都知道這是後現代主義的詞兒。關於後現代思潮，有人認為所有文化體系都應予懷疑，都可以解構，換言之，文化符號之間既有的關係都可使其分解、裂變，從而使我們對文化符號的理解產生迷惑，對其價值產生懷疑。其實這也是五四運動中對文學舊傳統全盤否定的一種態度。這種解構觀念在心態上或許過於消極，卻是人類文化演進的一種過程，不過，如從另一角度來看，人類歷史文化的演進其實就是一種不斷被解構，又不斷被重建的過程，就文學史的演變而言，這就是傳承與創新的意義。

我個人認為：對傳統文化和古典詩歌的傳承，最重要的有兩方面：一是重新體認和建立人與自然的和諧關係。今天我們面對最嚴重的生態問題就是環保，現代科技文明正不斷地大規模地污染自然，破壞自然生態，人與自然處於一種敵對關係中。現在我們不妨回過頭來看看古人反映在詩歌中的人與自然的關係。大體說來，中國古典詩中多半有道家（老莊）自然主義的色彩。田園詩在古典詩中佔有很大的比例，這種詩都能表現一種淡泊寧靜的境界，一種人與自然親密和諧的關係。試以〈唐詩解構〉這一輯詩中王維的〈竹里館〉為例：詩人一個人在竹林裡閒坐，又彈琴又長嘯，獨自享受那份孤寂幽靜之美。竹林中別無他人，只有月亮這位千古作伴的親密朋友。這首詩充滿了禪意，說明王維的生命既豐富，洋溢著自在的喜悅和生機，然而他又活在一片空無中。在解構中我把這種詩意與禪境加以延伸，以現代的意象語言重新建構一種新的現代詩體。請再看孟浩然這首〈宿建德江〉：傍晚，詩人乘坐的小舟停泊在煙霧朦朧的江邊，時近黃昏，由孤寂而來的愁緒油然而生，與他為伴的不是他的家人與朋友，和他傾心相交的是水，是水中的月亮。這首詩的主體是自然中的水和月，詩眼是一個「愁」字，所以我特別在新作中加上「遠處的簫聲」這一情境。

關於古典詩歌傳承的另外一項，即如何尋回那失落已久的古典詩中意象的永恆之美。且看李白這首〈黃鶴樓送孟浩然之廣陵〉，此詩不但極富想像空間，境界開闊而情意真切，且由於成功地捕捉到景物之神，經營出空靈的意象，完成一種超越時空、萬古常新之美的創造。這首詩的空間處理得極好，李白採用了電影中的蒙太奇手法，尤其後兩句的意象就像電影鏡頭一格格地向前推進：孤帆載著老友遠去，漸漸沒入杳不可見的天際，眼中只見到一片浩浩的江水，胸中卻蕩漾著悠悠不盡的離愁。當然，新作與原作本是兩個不同的作品，解構而又重建的新作可能失去了原作中的某些東西，但也可能增加了一些原作中沒有的東西。比如最後三行，看似蛇足，但這種對兩位老友在江邊話別時情景的描述，該是一種情理中的想像。

最後再解讀陳子昂的〈登幽州台歌〉，這首詩意象簡明，情感哀怨，透過對時間的表述，訴說他在武則天政權之下受到打壓，以致引起懷才不遇、理想破滅的悲嘆。前兩行俯仰古今，表現時間的悠長久遠，第三行寫登樓望遠，感到空間的遼闊無垠，第四句描寫詩人孤獨苦悶的情緒，以致愴然落淚。這首詩語言平淡無奇，直抒胸臆，而能成為千古名篇，它的藝術感染力主要在一個強烈的對比，即一個失意的渺小的個人與悠悠天地、茫茫宇宙之間相互衝突而產生的藝術張力。這也可說是我解構與重建此詩的一個重點。

這一輯〈唐詩解構〉，我目前已完成了三十餘首，我想續寫二十首之後再結集出版一個專題性的集子。我這麼做的用意，無非是想使古典詩歌的藝術生命在各種不同的解讀與詮釋中得以不斷地成長與豐富，以證明藝術的永恆性。

登幽州台歌（陳子昂）

原作：

前不見古人，後不見來者；
念天地之悠悠，獨愴然而涕下。

解構新作：

從高樓俯首下望
人來
人往

誰也沒有閒功夫哭泣

再看遠處
一層薄霧
漠漠城邦之外
寂寂無人

天長地久的雲
天長地久的阡陌
天長地久的遠方的濤聲
天長地久的宮殿外的夕陽

樓上的人
天長地久的一滴淚

宿建德江（孟浩然）

原作：

移舟泊煙渚，日暮客愁新；
野曠天低樹，江清月近人。

解構新作：

與月最近？
還是與水最近？
我把船悄悄地泊在荒煙裡
與水近就是與月近
與月近就是與人近

而更近的是遠處的簫聲

我在船頭看月
月在水中看我
江上有人抱著一個愁字入眠

竹里館（王維）

原作：

獨坐幽篁裡，彈琴復長嘯；
深林人不知，明月來相照。

解構新作：

獨自坐在竹林裡當然只有一人
一個人真好

坐在夜裡
被月光洗淨的琴聲裡

他歌他嘯
長嘯
如鷹

這是他唯一的竹林
唯一的琴
唯一的月色
唯一的
儲存在竹節裡的空無

鳥鳴澗（王維）

原作：

人閒桂花落，夜靜春山空；
月出驚山鳥，時鳴春澗中。

解構新作：

剛拿起筆想寫點什麼
窗外的桂花香
把靈感全薰跑了
他閒閒地負手階前
這般月色，還有一些些，一點點……

月亮從空山竄出
嚇得眾鳥撲翅驚飛
呱呱大叫
把春澗中的靜
全都吵醒

而他仍在等待
靜靜地等待，及至
月，悄悄地降落在稿紙上
把光填滿每個空格

黃鶴樓送孟浩然之廣陵（李白）

原作：

故人西辭黃鶴樓，煙花三月下揚州；

孤帆遠影碧空盡，唯見長江天際流。

解構新作：

檣帆遠去
帶走了黃鶴樓昨夜的酒意
還有你的柳絲
我的長亭
帶走了你孤寒的背影
還有滿船的
詩稿和離情

孤帆越行越遠，越小
及至
更小
只見一隻小小水鳥
橫江飛去

再見，請多珍重
小心三月揚州的風雨
還有桃花

下江陵（李白）

原作：

朝辭白帝彩雲間，千里江陵一日還；
兩岸猿聲啼不住，輕舟已過萬重山。

解構新作：

由白帝城傾瀉而下
他的輕舟
從千載讀者的心中

揚帆遠去
一夜便到了江陵
船行之速
嚇得兩岸的猿猴
驚叫不已
他因獲釋不去夜郎而豪興大發
我因服多了暈船藥
而昏昏欲睡

玉階怨（李白）

原作：

玉階生白露，夜久侵羅襪；

卻下水晶簾，玲瓏望秋月。

解構新作：

露水被夜攪拌成淚
月色如此淒清
隔著水晶簾子望去
人在何處？

襪子濕了夢也濕了
玉階上
她痴痴地坐著
守著，捧著臉賭氣不說話
他在何處？
月亮也賭氣不答

春望（杜甫）

原作：

國破山河在，城春草木深。
感時花濺淚，恨別鳥驚心。
烽火連三月，家書抵萬金。
白頭搔更短，渾欲不勝簪。

解構新作：

該死的驛丞
三個月都不見一封家書
從淺淺的酒杯中
他用一根白髮釣起，啊，那歲月

額上的皺紋
成倍數增長

烽火起了
馬蹄響了
城池破了
春天來了

春天來了
薊草與野塚等高
城池破了
不幸的人擁雨聲入睡
馬蹄響了
一只花瓶哀號一聲碎在大街上
烽火起了
長安的耗子正排著隊等待輪迴
安祿山打過來了

楊玉環在馬嵬坡睡著了
花朵躲在葉子後面暗泣
鳥兒嚇得打翻了窩
蛋，毫無疑問完了蛋

什麼都不對勁
怔怔地，對著鏡子發愁
他舉起木簪，顫顫地
插呀插
插進了破鏡的裂縫

江雪（柳宗元）

原作：

千山鳥飛絕，萬徑人蹤滅。

孤舟蓑笠翁，獨釣寒江雪。

解構新作：

翻開詩集
「噹」地一聲掉下一把鑰匙
以一根絲繩繫著，想必是
用來探測江水的溫度

千山有鳥沒有翅膀
萬徑有人沒有足印
那垂釣的老者瞪我一眼
瞪什麼瞪
反正我胸中的那尾魚
絕不許上你的鉤
至於江中的雪
在它化為春水之前
你要釣就釣吧

尋隱者不遇（賈島）

原作：

松下問童子，言師採藥去；
只在此山中，雲深不知處。

解構新作：

比松樹更高的
是一個問號
比問號更費猜疑的
是童子懵懂時的囁嚅
誰知道師父去了哪裡
採藥？未必

藥鋤還在門後閑著
雲裡霧裡
風裡雨裡
就是沒有猜到
他正大醉在
山中一位老友的酒壺裡

登樂遊原（李商隱）

原作：

向晚意不適，驅車登古原；
夕陽無限好，只是近黃昏。

解構新作：

他靜靜地佇立在
夕陽
與黃昏之間

待月待醉待緊握怒拳待冷水澆頭
他心事重重

他揚眉，穿過一層薄霧
踟躕在
美
與死之間

非政治性的圖騰
——拜謁中山先生故居

廣東中山翠亨村是近代中國人心靈上的神話，但當你親身面對它時，卻又感到歷史的蒼茫和現實的酸楚，逼人而來。

一九八九年八月上旬，我以朝聖的心情初次拜謁了翠亨村先生的故居，在兩個小時的盤桓中，內心的感受極為強烈而複雜，當時適逢風雷驟發，大雨滂沱，驚心動魄中，頓時感到現實與歷史，個人與時代，一代偉人與中國命運等各種情結交錯糾纏所迸發的意象，在胸中激盪互撞不已，於是便有了這首〈非政治性的圖騰〉的胚胎，而構句成篇卻是返台半個月後的事。

近年來，兩岸的中國人都掌握了創造歷史的契機，詩人雖非歷史的創造者，卻不能沒有為歷史作證的使命意識。這首詩即是觀照歷史與現實、揉和個人情感與反思的小型抒情史詩。

1

追趕一頂被大風吹走的帽子

我倉倉皇皇地
闖進了
一部未設防的歷史

2

比小學課本裡的翠亨村
多了一些
複製品的風景
一些
會講普通話的雀鳥
和善的天空
從它最藍的高處
我彷彿看到了一縷孤煙升起，且
漸漸形成一個巨大的漩渦
想不起有什麼可疑之處
只知道這部歷史中的若干章節
以往碰都不敢碰
一碰就怕書中的鉛字全部崩落

於今我卻站在心臟地帶
將它的童年、青年、中年、老年
血系、年表、族譜、歲月的種種切切
一塊兒讀
有意思極了
膜拜混雜著觀光的心情
一面走一面頻頻搔首
除了研製炸彈，共和國和玫瑰
我們從一位革命家那裡還能學些什麼？
一顆炸彈
與
另一顆炸彈
久久瞠目而視
默默相對無言
而中間的玫瑰除了發出愛的電波
還能說些什麼
橫跨兩岸的腳除了試探水溫
還能做些什麼？

其實做與不做
明天的太陽和老人斑照樣爬上額頭
其實這時
我們已來到了紀念館的大門
年輕的講解員指著
那個簡化了四十年的「孙」字說：
這是無害的
非政治性的圖騰
人民幣更是百無禁忌
便這樣，五毛錢
買了半個下午的蒼茫

3

（進入紀念館之前
我吃著一只紅色的芭樂
核兒哽在喉嚨要我暫時沉默）

館長的歡迎詞

比接待室的椅子熱多了
空調調得不左不右
剛好叫人想起
一行遺留在廣場上的詩
惴惴然，我淺淺啜一口熱茶
生怕
瓷杯突然在胃裡爆炸
「天氣真好啊！」館長說
我想起的卻是那些凶年
洪水起義，蝗蟲革命
一場大雪留下宇宙性的空白。想起
慈禧太后長長指甲裡的藏垢
王公大臣髮辮上爬行的蝨子
八國聯軍統帥的鬍子裡點著一根雪茄
北京城就再也見不到炊煙
看看窗外
鳥聲仍是當年的啁啾
河水仍是當年的痴愚

腳踏車仍是當年的滿身鏽味
立秋還早得很
而樹葉已開始三言兩語地
作多角度的飄零
一片從我臉頰擦過
有點痛，卻也無從追究
樹上懸著安靜的果子
如我反思的頭
歷史沉落的回聲

4

近百年來
我們的國民睡著了
我們睡著了
因為
我們睡著了所以
文明退步
政治墮落

我們睡
著
了
睡
著
了

錄音機滴答一聲，我們睡著了的頭顱從先生鋼釘般的廣東官話中瞿然驚醒，從一九二四年前的陣痛中驚醒，從鴉片煙榻的崩潰聲中，從辮子那樣又長又黑的噩夢中，從亂七八糟胡說八道死不要臉罪該萬死的喪權辱國的各種混蛋條約的綑綁中，從辛亥那年武昌城樓第一聲槍響中，從蘆溝橋下一襲灰衣的飄落中，從日軍大砲的頻頻呼吸中，從嗜血的荊棘中從離亂人悽惶的腳步聲中，從貪瀆自私的右手與殘酷鬥爭的左手猛然撞擊所迸發的血光中，從翠亨村午後沉悶的雷聲中驚醒。

5

我搔搔腦袋
抓了一掌的頭皮屑
一掌心事的化石
便這樣

尾隨主人進了他的故居
疑似神話
卻有它最為雄辯的真實
最為執拗的本質
院子的右側
有一株先生手植的酸子樹
樹酸花不酸，據說還可以泡茶
只是隨開隨謝
亦如中國地平線上初升的太陽
某年一場雷雨之後
樹幹折了腰，駝了背

原本廣被數十萬平方公里的濃蔭
於今覆不及丈
這裡不見石獅踞守
卻可聽到那口老井對空嘶吼
有人驚醒，有人蒙被大睡

我搔著頭皮，繼續閱讀
翻到了灰塵細說卑微的年代
一只鬧鐘
埋怨世人太吵的年代
我順著主人的手指望去：
一鍋凍結的沸騰
一灶冷卻的燃燒
一碗風乾的眼淚
一杓千年寒泉提煉的堅貞
一椅莊嚴而悠揚的沉思
一牀夜夜被劍嘯驚起的英雄夢

我又隨之進入了書房
深入
那些用火思考的歲月
三更，他危坐如一冷肅的孤峰
上下求索，搜尋
一把犀利的手術刀

五更披衣而起，負手
繞室。苦思著
一項非鐵血所不能完成的變天計畫
他期待風暴
如期待晨曦
他在為沒有褲子的民族
鑄造一個鋼質的魂魄
為瘦弱而腎虧的明天
注入蛋白質的曙光

一室啞然
一室待發的風雷
我強忍住一個噴嚏，看他
滿臉激情地從書桌旁砰然站起
震得兩肩的積塵
紛紛而落
他黯然無言
輕撫著桌上雜陳的遺物——

一個地球儀，世界猶在他掌中飛旋
一具聽診器，他早就聽到中國不規則的心跳
一盞煤油燈，長夜堅守的一朵冷焰
一支毛筆，李鴻章啊，興亡大事且聽我說

6

先生的話語
停了又說
壁上的灰塵
積了又落
時間的臉孔
髒了又洗
地心的火種
死了又活

午後三時。我的帽子仍未追回
而翠亨村天空的臉色驟變
一陣夏日的豪雨沛然

而降。八月不再安靜
豪雨打瓦，打窗
打階前落葉
打井邊蒼苔
打生前身後滿屋子的悲情
雨水洗淨夏日的慾念，沖去了
讀史人凌亂的腳印
也暴露了泥濘下更深的傷口
撐一把破傘
我衝出了冷濕的歷史
仰首向天
迷茫中隱約看到
雲端一條閹割了的來龍
卻不見雨中獨行的去脈

杜甫草堂

小序

中唐大詩人杜甫，河南鞏縣人，生於唐睿宗先天元年（西元七一二年），卒於唐代宗大曆五年，享年五十九歲。西元七五九年因避安史之亂而流亡四川成都，卜居浣花溪畔自建之草堂，即今日的「杜甫草堂」。杜甫居此將近四年，得詩二百四十餘首。

我於一九九〇年十月六日上午初訪草堂，次日即去九寨溝旅遊，返成都後復於同月十五日下午再度走訪草堂。這前後數小時的盤桓，既是對大師真誠的瞻仰，也是時隔千載一次歷史性的詩心的交融。這首詩的草稿兩年前（一九九一年）即已完成，一九九三年十月初始修正定稿。

十月，蟬鳴是神的
是宇宙唯一的高音

門虛掩
雙掌作勢輕推
一片落葉擦肩而過
先我一步躍入寂靜的下午
預期或將驚起整個成都的眾犬齊吠
卻未曾出現。閃電
未曾以血鞭開路，風雷
未曾轟響而萬物呼吸如常
天空，毫無異象除了一隻白鳥
以羽毛摩擦薄霧
而發出虛幻的火花
這時，歷史全然醒著
堂裡堂外
蟬鳴
是宇宙唯一的高音
千年來，詩人從中聽出了
落落的秋意
生之茫然

這時，你正在草堂闔目高臥
我來是客
是風
是印在你足跡中的足跡
馬匹在十里外的柳樹下
用一行最精巧的詩句拴住
雞犬不驚
我負手，閒閒地步入
乾元二年你剛走出的一片紅塵
長安時遠時近
勝事多如掉不盡的毛髮
隨意撣去肩頭的桃紅柳絮
早已不是你的初次悔憾
淚濕的衣襟，詩稿，微禿的前額
以及隨時可能在骨髓裡升起的雪意
都已是失去了名字，容貌，氣味的
輝煌過也蒼涼過的

風
的
昨日

進入草堂
首先迎向我的
竟是從後院躡足而來的一行青苔
隱微的鼾聲
如隔世傳來的輕雷
不知響自哪一間廂房？
哪個年代？哪頁歷史？
他們說你也是一位過客
為何千年後你的鼾聲仍能鼓動
宇宙亙古的脈息
答案在窗外
風雨中
剝落滿地的層層竹籜中
浣花溪畔

枯枝彎腰從水中捧起的秋
又由指縫間漏掉
漏掉了
春花秋月
粗暴的風雪，漏掉了
百代的繁華
以及步步的驚愕
工部祠前兩棵並立的老松矗矗無言
虬枝伸向空無的天宇
這裡的靜寂
之於我
之於你
之於你那熬過烈火浸過寒潭
而今頭頂落葉繽紛
心中水波不興的
銅像
都是史前我們就開始尋找的淨土
下雨了

腳步雜沓，遊客穿堂入室
一個個摸著你青色的臉
輕撫之下
又瘦了一寸
瘦見了骨
暴露出金屬深處的寒顫
子美啊子美
我沿著你那
不廢江河
萬古
流　的浣花溪前行
　　花葉死於早霜
　　潛龍困於爛泥
我沿著紅牆的甬道走著
與一個看不見的影子並肩而行
偶爾聽到
萬里之外你與風雨的對話
我見你的雙眉隨之飛起

哀傷
高過成都所有的屋頂
且興起了
在詩中解構這個世界的念頭
但及到今天
廣廈千萬
仍只是夢中的積木
哪有眼前這草堂的氣勢
明朝的瓦上曬著唐代的詩
起風時
檐間的意象紛紛滾落
雨小了些
我繼續向你
遠古遠古的孤獨中行去
往南是枯了的百花潭
往東是斷了的萬里橋
（橋下的流水仍閃著細細的腰）
遠遠的，我看見你在橋頭仰首眺望

那熾熱的目光
把西嶺的積雪鑿得颯颯飛濺
儲備整生的能量
只為了寫一首讓人寂寞的詩
一堆文字幾經揑弄居然不朽
萬里荒煙
唯你獨行

三吏三別之後
兩鬢已蒼
也該寫點雲淡風輕的自己了
躑躅浣花溪頭
忽然水一般靜了下來
你不是浣花人卻在在關心
花事過後的人事
　感時花濺淚
　恨別鳥驚心
一到春天便渾身發癢

獨坐窗前
怔怔地看著銅鏡中的自己逐漸發綠
生命與詩同時生鏽
憶起某年某月在淒涼的鄜州
窗簾外的清輝
寒玉般的雙臂
那晚老妻把背影全交給了月光
嚴武幕府的井邊
井邊的桐葉瑟瑟如你的獨語
中天月色好
誰看？
當然給你看，一看再看
及到天河的淚
沿著三峽潸潸流到你的唇邊
無奈中的無奈
鬱積外的鬱積
有時只好靠一兩杯水酒來沖淡
「請將杯盞與小菜擱在水檻

我要和池中的游魚
路過的燕子
共飲一杯無風無雨的黃昏」
　　花徑不曾緣客掃
　蓬門今始為君開
座上客無非是一些田野村夫
北鄰一位會作詩的退休縣令
也偶爾攜酒和閒情來訪
而今，我找到的你
是火的兄弟，鹽的姊妹
是大地的子嗣，是河流的至親
是石灰，鐵屑，棉紙，磁鐵
一塊視為圖騰的石頭
那麼絕對，那麼唯一
那麼堅持
那麼硬
重鑿之下火光四射
剖開來內部似乎又一無所有

我們和你一樣空茫，宿命的無有
我們拚命寫詩，一種
死亡的演習
寫秋風中的寒衣如鐵
寫雪地上一行白白的屐齒
寫戰場上的骸骨
　爆裂如熟透的石榴
寫天地間
一隻沙鷗如何用翅膀抗拒時間的割切
我們以最新的意象征服時間
永恆是你生前追逐的兔子
身後一條若有若無的
煙的尾巴
在桅檣下的獨夜舟中
在時深時淺的酒杯中
你努力從痛楚中找詩
我發現你
其實是從一柄精鋼的鑿子開始

一個清醒的靈魂
在石頭裡坐著
容顏清癯而晶瑩
如一滴淚的化石
虛空則如黑夜中的一面妝鏡
你的意念
多半都在沉默的海灘孵卵
而你思想的電離子
一粒粒從遠古的混沌中釋放出來
致君
堯舜上
理想永遠是一塊曖昧的冰
冷而苦澀
且易割舌
事實上你攀登的那座孤峰
距離天堂還遠得很
那是語言的梯子永難抵達的高度
那是神的聲音

極度莊嚴而又極度危險
意象的遊戲好玩得要死
挺認真的死
如踩鋼索，字字發出驚呼
五言七言步步為營
但哀江頭哀王孫
四野的哭聲
卻又不怎麼講究對仗與平仄
你抱歉地說：
朱門發臭的酒肉
餵肥了長安陰溝裡的耗子
淡出：灰鼠色的歲月
淡入：千年後的草堂
特寫：微雨中
　　我在仰讀
　　　一部傾斜的歷史
讀史才數頁

很快我就能背誦出草堂內的一石一木
石板路默默無語
隙縫間有唐朝的蟋蟀鳴叫

迴廊盡頭
是群雀的佔領區
順手拾起一片枯葉
掌心
秋在騷動

穿過柴門
在一株高大的香樟下
終於悟出
你頭上為何棲息那麼多
驚心的鳥

一柱柱的楹聯
剝落的油漆，字跡，和時間

一些聽不太清楚的
空洞的
回聲

「少陵草堂」
四個大字，一塊石碑
觸摸之下
驚覺到
歷史凜凜的寒意
池子裡躺著一個
只顧映照自己的天空
水鳥正在午睡
臉貼著臉
池邊，柳枝黯然下垂
像一串晃動的鑰匙
對準水的心臟插進去
詩，便開始漣漪起來

默誦完了〈秋興〉第一首
我們來到水竹居
石桌上的竹葉彷彿從山外飄來
輕輕撫落
啊，這麼多螞蟻
一群現實主義的堅持者

也算一次輪迴
從草堂的後院到前門繞了一圈
就是兩千多年
詩人，仍青銅般醒著

醒在上下顎之間
舌尖輕吐
詩句紛紛逃離口腔
把難以消化的苦味
留給人間

湖南大雪

——贈長沙李元洛①

昔我往矣
楊柳依依
今我來思
雨雪霏霏

君問歸期
歸期早已寫在晚唐的雨中
巴山的雨中
而載我渡我的雨啊
奔騰了兩千年才凝成這場大雪
落在洞庭湖上
落在岳麓山上
落在你未眠的窗前

雪落著
一種複雜而單純的沉默
沉默亦如
你案頭熠熠延客的燭光
乍然一陣寒風掠起門簾
我整冠而進，直奔你的書房
仰首環顧，四壁皎然
雪光染白了我的鬢眉
也染白了
我們心之中立地帶
寒暄之前
多少有些隔世的怔忡
好在火爐上的酒香
漸漸祛除了歷史性的寒顫
你說：
酒是黃昏時歸鄉的小路
好！好！我欣然舉杯
然後重重咳了一聲

帶有濃厚湘音的嗽
只驚得
窗外撲來的寒雪
倒飛而去

你我在此雪夜相聚
天涯千里驟然縮成促膝的一寸
荼蘼早凋
花事已殘
今夜我們擁有的
只是一支待剪的燭光
蠟燭雖短
而灰燼中的話足可堆成一部歷史
你頻頻勸飲
話從一只紅泥小火爐開始
下酒物是淺淺的笑
是無言的欷歔
是欲說而又不容說破的酸楚

是一堆舊信
是噓今夕之寒，問明日之暖
是一盤臘肉炒《詩美學》[2]
是一碗鯽魚燒《一朵午荷》[3]
是你胸中的江濤
是我血中的海浪
是一句句比淚還鹹的楚人詩[4]
是五十年代的驚心
是六十年代的飛魄
這時，窗外傳來一陣沙沙之聲
噓！你瞿然傾聽
還好
只是一雙釘鞋從雪地走過

雪落無聲
街衢睡了而路燈醒著
泥土睡了而樹根醒著
鳥雀睡了而翅膀醒著

寺廟睡了而鐘聲醒著
山河睡了而風景醒著
春天睡了而種籽醒著
肢體睡了而血液醒著
書籍睡了而詩句醒著
歷史睡了而時間醒著
世界睡了而你我醒著
雪落無聲

夜已深
你仍不斷為我添酒，加炭
戶外極冷
體內極熱
喝杯涼茶吧
讓少許清醒來調節內外的體溫
明天或將不再驚慌
因我們終於懂得
以雪中的白洗滌眼睛

以雪中的冷凝鍊思想
往日杜撰的神話
無非是一床床
使人午夜驚起汗濕重衣的夢魘
我們風過
　霜過
　　傷過
　　　痛過
堅持過也放棄過
有時昂首睥睨
有時把頭埋在沙堆裡
那些迷惘的歲月
那些提著燈籠搜尋自己影子的歲月
都已是
大雪紛飛以前的事了
今夜，或可容許一些些爭辯
一些些橫眉
一些些悲壯

想說的太多
而忘言的更多
哀歌不是不唱
無奈一開口便被陣陣酒嗝
逼了回去

江湖浩浩
風雲激盪
今夜我冒雪來訪
不知何處是我明日的涯岸
你我未曾共過
肥馬輕裘的少年
卻在今晚分說著宇宙千古的蒼茫
人世啊多麼曖昧
誰能破譯這生之無常
推窗問天
天空答以一把徹骨的風寒
告辭了

就在你再次剪燭的頃刻黑暗中
我飛身而起
投入一片白色的空茫
向億萬里外的太陽追去
只為尋求一個答案

註：

①李元洛為中國當代著名文學評論家、散文家，作者與他皆為湘人，神交數載，始於一九八八年八月間作者返鄉探親時初次相晤，本詩寫於二人相會之前，故純係想像之作。

②《詩美學》為李元洛著，江蘇文藝出版社一九八七年初版，厚達七百餘頁，為李氏重要詩學論著之一。

③《一朵午荷》為作者洛夫之散文集，台北九歌出版社一九七八年初版。

④〈江濤海浪楚人詩〉為李元洛論洛夫詩創作的專文，該文刊於湖南《芙蓉》文學雙月刊一九八七年第五期。

致時間（摘選自《漂木》第三章）

時間是概念，也是實體，好像它不存在，卻又時時在吸我們的血，扯我們的髮，拔我們的牙。時間其實是與生命同起同滅，孔子說：「逝者如斯，不舍晝夜。」陳子昂嘆曰：「念天地之悠悠，獨愴然而涕下。」這既是對時間的知解，也是對生命的感悟，而里爾克則認為他的詩〈時間之書〉乃是詩人與神的對話，但又何嘗不是與時間的對話。我的認知是：時間，生命，神，是三位一體，詩人的終極信念，即在扮演這三者交通的使者。

1

……滴答
午夜水龍頭的漏滴
從不可知的高度
掉進一口比死亡更深的黑井
有人撈起一滴：說這就是永恆

2

另外一人則驚呼：
灰塵。逝者如斯
玻璃碎裂的聲音如銅山之崩
有的奔向大海
有的潛入泡沫

3

都是過客留下的腳印
千年的空白
一頁蟲齧斑斑的枯葉
時間啊，請張開手掌
讓太陽穿越指縫而進入

4

你那無人抵達的暗室
壁鐘自鳴，寂寞的魚子醬

在擁擠的玻璃瓶裡
憧憬著
日出後的授精

5

去年從八十層高樓聽到的鴿哨
跌落在
今日午餐的瓷盤裡的
只是一根
喪失飛行意願的羽毛

6

譬如我的房屋，在寂靜中日趨消瘦
對於風雨一向沒有什麼意見
舊家具木頭中的孤獨
足以使一窩蟋蟀
產下更多的孤獨

7

朝如青絲暮成雪，髮啊！
我被迫向一面鏡子走近
試圖抹平時間的滿臉皺紋
而我鏡子外面的狼
正想偷襲我鏡子裡面的狽

8

其實死亡既非推理的過程
也不是一種純粹
繞到鏡子背後才發現我已不在
手錶停在世界大戰的前一刻
把時間暫時留在

9

尚未流出的淚裡。我們
只要聽到門的咿呀聲便委頓在地

不知來者是誰，只知從門縫出去的是
比風陰險
比刀子的城府深

10

比殮衣要單薄得多的
某種金屬的輕吼
秉燭夜遊正由於對黑暗的不信任
舉起燈籠
就是看不見自己

11

棄我去者不僅是昨日還有昨日的骸骨
佇立江邊眼看游魚一片片銜走了自己的倒影
不禁與落日同放悲聲
滔滔江水棄我而去，還有昨日
以及昨日胸中堤壩的突然崩潰

12

還有墓碑
以及墓碑上空倉皇掠過的秋雁
白樺在死者的呼吸中顫抖
這裡，鴉雀肆意喧鬧而葉落無聲
時間在泥土中酣睡

特載

洛夫創作年譜

一九二八年——・五月十一日出生於湖南衡陽東鄉相公堡（今衡南縣相市），父逢春，業商，母羅氏，兄弟七人，行二。

一九三八年——・進仁愛鄉國民中心小學，讀《七俠五義》、《封神榜》、《西遊記》等。

一九四三年——・讀私立成章初中，讀《水滸傳》、《三國演義》、《紅樓夢》等。以野叟筆名發表第一篇散文〈秋日的庭院〉於衡陽市《力報》副刊，稿費銀圓五角。

一九四六年——・七月就學私立嶽雲中學，開始新詩創作。

一九四九年——・七月去台灣，行囊中軍毯一條，馮至及艾青詩集各一冊，報紙發表之個人作品剪貼一本。

一九五二年——・十二月發表在台第一首詩〈火焰之歌〉於《寶島文藝》月刊。

一九五四年——・十月初識張默、瘂弦，共同創辦《創世紀詩刊》於左營。

一九五五年——

・五月任左營軍中廣播電台新聞編輯，並開始寫〈靈河〉等詩。

一九五六年——

・二月與張默合編之《中國新詩選輯》出版。同月草擬《創世紀》五期社論〈建立新民族詩型之芻議〉。

一九五七年——

・十二月詩集《靈河》出版。

一九五八年——

・六月入台北軍官外語學校受訓。寫〈我的獸〉，開始進入現代詩創作時期。

・七月首次參加台北「中國詩人聯誼會」主辦之詩人節大會，〈靈河〉獲最佳創作獎。

一九五九年——

・五月軍官外語學校畢業。

・七月派赴金門任新聞聯絡官，時值金廈砲戰。出發前夕與瘂弦、張默聚談於左營海軍軍區紀念碑頂，時值午夜，巡邏憲兵誤為宵小，三人均被拘入憲兵隊囚禁一夜，瘂弦戲謂該日為《創世紀》蒙難紀念日。

・八月於金門砲彈嗖嗖聲中開始寫〈石室之死亡〉，首輯載於《創世紀》十二期。

一九六〇年——

・五月自金門返台，調海軍總部聯絡室，續寫〈石室之死亡〉。

・六月為張默、瘂弦主編之《六十年代詩選》作序。

・十一月余光中編譯之《中國新詩》（New Chinese Poetry）出版，選有洛夫作品〈芒果園〉等數首。同月美國駐華大使莊萊德夫婦舉行出版酒會，會中初晤胡適、羅家倫二位五四運動主將。

一九六一年——

・一月《六十年代詩選》出版，〈石室之死亡〉一至十三首被選入，並為該詩選作序。

・十月十日與陳瓊芳結婚於台北市。

一九六三年——

・八月女兒莫非周歲生日，詩人瘂弦、商禽、辛鬱、楚戈、韓國詩人許世旭等連袂前往平溪慶賀，午後同往深谷之池塘裸泳，並攝影留念。

一九六四年——

・十月完成《石室之死亡》詩集編校工作，自序〈詩人之鏡〉一文發表於《創世紀》二十一期。

一九六五年——

・一月詩集《石室之死亡》出版。

・十一月派赴越南西貢任軍事援越顧問團英文秘書。

一九六七年——

・八月詩集《外外集》出版，內載有〈西貢詩抄〉十四首。

・九月與張默、瘂弦共同主編之《七十年代詩選》出版。

・十一月自越返台，調台北國防部聯絡局工作，並陸續發表〈西貢詩抄〉。

一九六八年——

・五月與張默、瘂弦策劃編選《中國現代詩論選》，並撰寫導言。

一九六九年——

・三月《中國現代詩論選》出版，並假「作家咖啡屋」舉行小型出版茶會。

・四月應《笠》詩社之邀擔任第一屆《笠》詩獎評審委員。

・五月詩論集《詩人之鏡》由高雄大業書店出版。

・十月發起組成「詩宗社」，並被選任第一任主編。

一九七〇年——

・一月《創世紀》休刊，同月主編之詩宗一號《雪之臉》出版。

・三月詩集《無岸之河》由大林書店出版。

・五月《幼獅文藝》月刊以〈詩人之鏡〉為題，發表洛夫訪問記及生活照片多幀。

・十一月葉維廉編譯之《中國現代詩選》（Modern Chinese Poetry）在美出版，選入洛夫作品〈石室之死亡〉等十餘首。

・十一月現代詩人與畫家二十人假美國新聞處舉辦「第三屆現代藝術季」，八日「詩之夜」由洛夫主持，參加朗誦及座談的詩人有葉維廉、辛鬱等十人。

一九七一年——

・三月主編之《一九七〇詩選》由仙人掌出版社出版。

・七月與朱西甯、葉維廉、余光中、瘂弦、白萩、梅新、張曉風等應邀擔任《中國現代文學大系》編委，詩選由洛夫主編，並撰寫長篇序言。

・九月與姚一葦、葉維廉、瘂弦、白萩、尉天驄等應邀擔任第一屆詩宗獎評審委員。

・十月為管管詩集《荒蕪之臉》作序。

一九七二年——

・二月美國名漢學家白芝教授（Cyril Birch）主編之《中國文學選集第二冊》（Anthology of Chinese Literature Volume 2）（自元朝至台灣時期）在美出版，洛夫作品被選入者有〈石室之死亡〉及〈初生之黑〉等。

・六月召開《創世紀》復刊會議，決議由瘂弦任社長，洛夫任總編輯，張默任執行編輯，大荒、辛鬱、周鼎、碧果、葉維廉等任編委。

・九月《創世紀》復刊號（三十期）出版，洛夫新風格長詩〈長恨歌〉於此期發表。

一九七三年——

・六月淡江大學英文系畢業，獲文學學士。

・八月作品二十餘首選入國立編譯館主編之英譯《中國現代文學選集》。

・十一月應邀參加在台北舉行的第二屆世界詩人大會。

・十一月應聘為吳望堯「中國現代詩獎」評審委員。

一九七四年——

・七月應聘為耕莘文教院暑期寫作班詩組指導教授。

・十月著手整理《魔歌》詩集，撰寫序言〈我的詩觀與詩法〉，並完成自述詩〈巨石之變〉。

・十一月《魔歌》由中外文學月刊社出版，該社並於同月十二日假台北耕莘文教院舉辦出版座談及朗誦會。

一九七五年——

・二月主編《中國現代文學年選》之詩選。

・三月詩集《眾荷喧嘩》由楓城出版社出版。

‧十一月應韓國筆會之邀，與羊令野等九位台灣現代詩人赴漢城訪問七天，繼而赴日本東京遊覽，歸來後寫〈漢城詩鈔〉十七首。
‧十二月與羅珞珈合譯之《約翰生傳》（The Life of Samuel Johnson），由志文出版社出版。

一九七六年——

‧三月應星光出版社之邀，著手翻譯美國當代名小說家馮內果（Kurt Vonnegut, Jr）長篇小說《第五號屠宰場》（Slaughter-House, Five）。

一九七七年——

‧二月《洛夫詩論選集》由開源出版社出版。

一九七八年——

‧一月接受《中華文藝》月刊訪問，全文以〈魔歌詩人——洛夫先生訪問記〉為題，於該刊八十三期發表。
‧七月〈巨石之變〉等詩二十八首被選入《中國當代十大詩人選集》。

一九七九年——

‧三月應《詩風》詩社之邀，赴香港訪問一週，並在香港大學演講，《詩風》月刊八十三期刊出「洛夫訪港專輯」。
‧六月〈根〉等十五首被選入瘂弦主編之《中國當代文學大系》。
‧七月應邀參加在韓國漢城舉行之第四屆世界詩人大會，並在大會中朗誦〈雪祭韓龍雲〉，會後赴日本遊覽大阪、奈良、京都等地。
‧七月散文集《一朵午荷》由九歌出版社出版。
‧九月應聘擔任《中國時報》文學獎詩組決審委員。

一九八〇年——

・六月《民眾日報》副刊以全版篇幅刊出「詩人洛夫專輯」。
・九月應聘擔任《中國時報》文藝獎詩組決審委員。
・九月《風燈》詩刊三卷四期刊出〈詩人洛夫訪問記〉。
・十月《吾愛吾家》月刊十八期刊出「詩人洛夫專訪」。

一九八一年——

・三月《詩人季刊》二十期以〈聽那一片洶湧而來的鐘聲——叩訪洛夫詩境的泉源〉為題發表洛夫訪問記。
・四月接香港電話，驚悉老母病逝湖南衡陽市，享年七十七歲。
・六月詩集《時間之傷》由時報文化公司出版。
・七月評論集《孤寂中的回響》由東大圖書公司出版。
・九月應聘擔任《中國時報》文學獎詩組決審委員。
・十一月被推選擔任「中日韓現代詩人會議」籌備會召集人。

一九八二年——

・四月長文〈詩壇春秋卅年〉發表於《中外文學》月刊一二〇期之「現代詩卅年回顧專號」，因該文直陳史實，坦誠進言，曾引起激烈的回響。
・五月悼亡母長詩〈血的再版〉發表於《中國時報》副刊。
・九月經《陽光小集》詩刊讀者票選為「中國當代十大詩人」之一。
・十月〈血的再版〉獲《中國時報》文學獎首獎。
・十一月詩集《時間之傷》獲中山文藝創作獎。

一九八三年——

・一月應邀參加新加坡第一屆「國際華文文藝營」，識大陸詩人艾青，小說家蕭軍、蕭乾等。

・三月八日開始從謝宗安先生習書法。

・十月詩集《釀酒的石頭》由九歌出版社出版。

一九八四年——

・六月被推選擔任《創世紀》卅周年詩獎評審委員兼召集人，評委另有余光中、瘂弦、白萩、張漢良等四人。

・八月接美國漢學家陶忘機（John Balcom）來信，內附《石室之死亡》全詩之英譯初稿。

・十月應聘擔任《聯合報》文學獎散文組決審委員。

一九八五年——

・八月應《聯合文學》月刊之邀，赴設於新竹清華大學之巡迴文藝營授課，同月二十四日與夏志清、無名氏、胡金銓等赴花蓮師專之文藝營授課。

・九月接受《大人物》雜誌記者訪問。該期同時刊出詩人在平溪裸泳之照片數幀，文壇轟動一時。

・十月散文集《洛夫隨筆》由九歌出版社出版。

一九八六年——

・五月接受《幼獅文藝》月刊之訪問，全文以〈亙古的歷史是他的跑道——訪詩人洛夫〉為題，發表於該刊三九〇期。

・五月接受英文雜誌 *Free China Review*訪問，全文以"Most Quoted Poet"為題於該刊三十六卷十一期發表。

・六月與詩友多人應邀赴台南市參加該市文化中心舉辦之詩人節活動，會後與瘂弦、張默三人同赴左營憑弔三十年前《創世紀》創刊之舊址。

・六月復接陶忘機來信，內附〈木乃伊啟示錄〉、〈蟋蟀之歌〉、〈形而上的遊戲〉等詩之英譯稿。

・七月香港友人轉來大陸評論家李元洛一篇論文：〈一闋動人的鄉愁變奏曲——讀洛夫〈邊界望鄉〉〉，後又轉來李氏另一評文：〈想得也妙，寫得也妙——讀台灣詩人洛夫〈與李賀共飲〉〉，李氏為第一位評介洛夫的大陸詩評家。

・九月評論集《詩的邊緣》由漢光文化公司出版。

・十一月獲第九屆吳三連文藝獎，該獎首次頒給現代詩人。

一九八七年——

・一月《心臟》詩刊發表〈煮茶談詩——訪名詩人洛夫先生〉一文及照片多幀。

・二月應菲華四大文藝社團之邀，台灣現代詩人一行八人（洛夫任團長）赴菲律賓訪問七天，並參加「現代詩研討會」。

・四月「墨緣小集」書法會（洛夫任會長）於台北市社教館舉辦首次聯展，洛夫有十五幅作品參展。

・五月應《中央日報》之邀與中央大學張夢機教授對談現代詩與古典詩之融接問題，全文於五月三十、三十一日兩天於《中央日報》副刊發表。

・五月《中外文學》十六卷一期刊出中興大學教授簡政珍〈洛夫作品的意象世界〉評論長文，該文為研究洛夫作品重要論文之一。

・五月為侯吉諒處女詩集《城市心情》作序。

・九月〈蟹爪花〉等十一首選入張錯編譯之《千曲之島——台灣現代詩選》（The Isle Full of Noises），美國紐約哥倫比亞大學出版。

・十二月《創世紀》詩刊七十二期首次推出「大陸詩人作品專輯」。該專輯由洛夫策劃主編，刊出二十二位大陸當代著名詩人一百二十餘首詩作。

一九八八年——

・三月三十一日晚，台北市社教館以多媒體舞台形式舉辦「因為風的緣故——洛夫詩作新曲演唱會」，反應極佳，該演唱會由國立藝術學院教授游昌發、盧炎、錢南章譜曲，聲樂家馬筱華、呂麗莉、陳思照等演唱，詩人瘂弦、辛鬱等朗誦，畫家張永村設計舞台，詩人杜十三負責總策劃。

・六月侯吉諒編《石室之死亡——及相關重要評論》由漢光文化公司出版。

・六月《因為風的緣故——洛夫詩選》由九歌出版社出版，收有一九五五至一九八七年自選之詩作九十四首，書後附有葉維廉教授所著長文〈洛夫論〉。

・八月十六日首次偕妻經廣州返湖南衡陽市探親，與兄弟相聚十餘日，並參加衡陽文藝團體舉辦之歡迎座談會、朗誦會。二十九日由評論家李元洛陪同前往長沙訪問，由湖南文聯及省作協接待，並參加《湖南文學》月刊社、《文藝生活》月刊社、湖南文藝出版社、省文聯出版社、省書畫研究社、湖南大學等單位之座談與宴請。

・九日赴杭州訪問，同日張默、辛鬱、管管、張堃等亦來杭州相會。由《西湖詩報》接待，四月內遍遊西湖各景，並參加《西湖詩報》、浙江文聯、浙江文藝出版社等單位之座談與歡宴。

・十三日搭火車赴上海訪問，由《中國詩人》詩刊社接待，參加上海作協之座談與歡宴。

・十五日搭飛機抵北京，由華人文化交流委員會接待，參加交流會、《詩刊》社等舉辦之座談會、宴會、朗誦會，並會見老詩人馮至、卞之琳、艾青、臧克家、綠原、陳敬容及名詩人鄒荻帆、張志民、劉湛秋、李瑛、邵燕祥、公劉、鄭敏及評論家袁可嘉、謝冕等。先後遊覽故宮、天壇、長城、天安門廣場、明十三陵、頤和園等名勝，並訪問北京大學，與該校師生座談。

・二十三日搭飛機抵桂林遊覽，由桂林文聯作協接待，暢遊漓江及陸上名勝，二十五日為中秋節，當晚桂林文藝界於漓江游艇上舉辦中秋迎賓聯歡晚會。二十七日搭機飛廣州，由《華夏詩報》接待，參加廣州文藝界之座談會、宴會，遊黃花崗七十二烈士墓、中山紀念館，並訪問暨南大學，參加座談會。

・九月《愛的辯證——洛夫詩選》由香港文藝風出版社出版。

・十二月《聯合文學》月刊以數十頁篇幅刊出洛夫專輯，內有大陸之旅新作七首及照片、評論、訪問記等。

一九八九年——

・二月《創世紀》詩刊改選會議中繼任總編輯。

・八月五日至十三日偕妻與向明伉儷同赴香港、澳門、珠海特區、中山縣翠亨村及新加坡等地旅遊，返台後寫〈非政治性的圖騰——拜謁中山先生故居〉長詩一首。

・十一月十九日應邀參加新大陸現代詩雜誌社舉辦之「從返鄉詩看中國情懷——洛夫近作討論會」，由李瑞騰教授等主講。

一九九〇年——

・二月詩集《詩魔之歌》由廣州花城出版社出版，共售出五萬餘冊。

・三月詩集《月光房子》由九歌出版社出版，問世後詩壇反應極佳，四、五、六月三個月連續登上聯副舉辦的文學新書「質的排行榜」。

・四月詩集《天使的涅槃》由尚書文化公司出版。

・九月應邀參加福建省文聯舉辦之第一屆「海峽詩人節」。除與該省詩人座談外，並由詩人劉登翰、舒婷、范方、朱谷忠，小說家袁和平等陪同旅遊廈門、鼓浪嶼、泉州、湄州島、武夷山、福州等地。

・十月五日飛成都，初訪杜甫草堂，七日赴九寨溝旅遊。十日抵重慶，十九日訪西南師大，當晚該校舉辦「因為風的緣故——洛夫詩歌朗誦會」，聽眾千餘人。二十一日自重慶搭船遊三峽，二十四日抵武漢，由當地詩人熊召政等陪同遊黃州東坡赤壁、黃鶴樓。二十七日與李元洛夫婦、楊平搭船赴南京，由詩人丁芒接待遊玄武湖、秦淮河、中山陵。

・十月《一朵午荷——洛夫散文選集》由上海文藝出版社出版。

・十二月策劃主編「大陸第三代詩人作品展」，於創世紀詩刊八十二、八十三期刊出，共發表海子、歐陽江河等二十餘位青年詩人之作品數十餘首。

一九九一年——

・一月龍彼德的評論〈大風起於深澤——論洛夫的詩歌藝術〉，在湖南的《理論與創作》雜誌發表，這是一篇有創見的文章，台北《中央日報》與《台灣文學觀察雜誌》也作了全文刊載。

・三月詩集《月光房子》獲國家文藝獎。

・四月以〈蘇紹連散文詩中的驚心效果〉為題，為詩人蘇紹連《驚心散文詩》集作序；以〈從儒俠精神到超越境界〉為題，為詩人沈志方處女詩集《書房夜戲》作序。

・九月廣州中山大學中文系研究生陝曉明在王晉民教授指導下，撰寫一篇四萬字的碩士論文〈洛夫論〉。

・九月以〈周鼎的空無之美〉為題，為周鼎處女詩集《一具空空的白》作序。

・十月實驗性之新形式詩〈隱題詩四首〉初次於《創世紀》八十五、八十六合期上刊出，頗受兩岸詩壇重視。

一九九二年——

・六月詩集《葬我於雪》由北京中國友誼出版公司出版。

・六月赴歐洲參加一系列的國際詩歌會議，首先應英國倫敦大學之邀參加一項「中國當代詩歌」研討會，繼而往荷蘭參加由萊頓大學舉辦的另一項詩學會議。兩會結束後又匆匆趕往荷蘭鹿特丹市參加在國際上極負盛名的「國際詩歌節」。會後由美國漢學家漢樂逸教授陪同暢遊比利時。在以上會議中，洛夫曾先後發表二篇論文：〈台灣現代詩的發展與風格演變〉、〈超現實主義的詩與禪〉，並參加了六次詩歌朗誦。

・八月發起一項「詩的星期五」朗誦座談活動，標榜「長期性、小眾化、精緻化」，於每個月的第一個星期五晚間假台北市誠品書店舉行。第一次由洛夫、辛鬱主持，到有詩人與聽眾三百人，場面相當熱烈。

一九九三年——

・三月與張默、管管、向明、葉維廉、梅新五位詩人組成一九九三年台灣現代詩人赴美巡迴朗誦團，從三月十一日起先後在聖地牙哥加州大學、新墨西哥州聖達費學院、紐約市「張張畫廊」、羅德島布朗大學共朗誦了五場，採中英雙語朗誦的方式，動員了不少美國的詩人和藝術家，效果甚佳。

・三月詩集《隱題詩》由台北爾雅出版公司出版。同月北京大學中國新詩研究中心策劃，北京師大教授任洪淵主編的《洛夫詩選》由北京中國友誼出版公司出版。同月由廣西師範學院盧斯飛教授撰寫的《洛夫余光中詩歌欣賞》，由廣西教育出版社出版。

・七月美國華盛頓大學中國文學與比較文學研究生陶忘機（John Balcom）所撰之博士論文〈洛夫與台灣現代詩〉（Lo Fu and Contemporary Poetry from Taiwan）已獲通過，接洽出版中。

・八月應江西南昌大學之邀前往廬山參加「第六屆世界華文文學國際研討會」。

・九月初前往重慶參加由西南師大中國新詩研究所舉辦的「九三華文詩歌國際學術研究會」，會中宣讀論文〈超現實主義的詩與禪〉。

・十月舊作新版詩集《夢的圖解》與《雪崩——洛夫詩選》由台北書林出版公司出版。

・十一月福建《台港文學選刊》總八十四期編有「洛夫專輯」，刊出詩、散文、評論、書法、照片、年譜等，共二十三頁。

一九九四年——

・六月暨南大學中文系教授費勇著《洛夫與中國現代詩》一書，由台北東大圖書公司出版，全書十五萬字。

・十月詩集《石室之死亡》英譯本由美國舊金山道朗出版社（Taoran Press）出版。

一九九五年——

・四月十五日中國青年寫作協會與創世紀詩社，假台北市國際青年活動中心舉辦

「洛夫作品研討會」，分上、下午共五場進行，由詩人、評論家游喚、林燿德、杜十三、洪淩，及大陸詩評家劉強等提供論文五篇，這些論文已在《創世紀》一〇二期發表。

・五月大陸詩人，評論家龍彼德著《洛夫評傳》由南京大學出版社出版。全書二十八萬字。

・十月英國倫敦出版的《今日中國》（China Now）第一五四期以"Heartfelt Endeavour"為題刊出詩人洛夫訪問記。

一九九六年——

・一月應馬來西亞千秋事業社之邀於二十五日至二十九日前往吉隆坡參加詩歌座談朗誦會。

・三月瑞典文學雜誌ARTES刊出瑞典科學院院士馬悅然教授編譯之《台灣詩選》第一部份，其中除一篇評介洛夫之文章外，並刊發其譯作〈形而上的遊戲〉等五首。

・四月移民加拿大，定居溫哥華。

一九九七年——

・元月加華作家協會舉行年會聚餐，邀洛夫演講，講題為：「我的二度流放」。

・六月十日溫哥華《明報》全版篇幅刊出以〈洛夫二度流放〉為題之專訪，並有彩色照片多幀配合。

・六月台灣師大國文系研究生潘文祥以《洛夫詩的研究》為題的碩士論文已獲通過，接洽出版中。

・九月偕瓊芳與葉維廉教授夫婦搭乘「愛之船」同遊阿拉斯加，歸來後寫有長詩

〈大冰河〉。

一九九八年——

- 元月由旅加作家談衛那、劉慧心發起，組成「雪樓詩書小集」，敦請洛夫任指導老師，每月在雪樓聚會一次，參加者有台、港、大陸、菲律賓等地作家廿餘人。
- 二月應溫哥華《明報》之邀，自本月起擔任撰寫方塊專欄，每週二篇，內容不限。
- 六月應美國紐約第一銀行畫廊之邀舉辦「洛夫書藝展」，洛夫親赴紐約參加開幕典禮。
- 十月應美國達拉斯市與休斯頓市華人作家協會之邀前往講演。
- 十一月詩人、評論家龍彼德著《一代詩魔洛夫》由台北小報文化公司出版，全書二十一萬字，附載照片數十餘幀。
- 十一月《洛夫小詩選》由台北小報文化公司出版。
- 十一月應台中市文化中心之邀，舉辦「洛夫書藝展」及詩歌朗誦會。

一九九九年——

- 一月四至八日應邀擔任台灣南華管理學院首任駐校詩人。同月，詩集《魔歌》被評選為「台灣文學經典」之一。
- 五月應邀名列《國際著名詩人傳略》（International Who's Who in Poetry and Poet's Encyclopaedia）。
- 六月詩集《雪落無聲》由台北爾雅出版社出版。
- 八月瑞典名漢學家馬悅然教授（Goran Malmqvist）編譯之《台灣詩選》瑞典

文版出版，共收紀弦等九人的詩作，其中洛夫入選作品最多，共五十首。

・九月詩選集《形而上的遊戲》由台北駱駝出版社出版。

・九月詩選集《洛夫精品》由北京人民文學出版社出版，全書共三三七頁，洛夫之代表作盡在其中。

・十一月書法詩集《魔歌》典藏版由台北探索文化公司出版。

二〇〇〇年——

・一月二十日開始三千行長詩〈漂木〉之創作。

・五月《世紀詩選：洛夫》由台北爾雅出版社出版。

・八月美國華文作家少君到訪溫哥華雪樓，為其博士論文〈漂泊的奧義——洛夫研究〉搜集資料並做錄音訪談多日。

・十一月開始修改並謄清〈漂木〉原稿，同月散文集《雪樓隨筆》，由台北探索文化公司出版。

二〇〇一年——

・一月從一日起長詩〈漂木〉在台北《自由時報》副刊連載，開報紙連載新詩之先河。全詩共三千餘行，頭兩天以兩個全版刊出，在台灣詩壇轟動一時。

・八月長詩集《漂木》由台北聯合文學出版社出版。

・八月《雪樓書稿——洛夫書藝集》由台北霍克藝術公司出版。同月赴中國大連參加「第六屆國際華文詩人筆會」，會後訪瀋陽、長春、吉林等地，同行者有許世旭、潘郁琦。

・十二月日本東京出版之中日雙語文學雜誌《藍》第四、五合期刊出「洛夫特輯」日文版，內容包括洛夫小傳、洛夫詩選、評論文章三篇，並刊出有關〈漂木〉的訪問記。

二〇〇二年——

- 一月《台灣現代詩集》日文版，由東京株式會社圖書刊行會出版，洛夫詩作〈金龍禪寺〉等八首入選。
- 三月長詩集《漂木》被台灣媒體評選為「出版與閱讀二〇〇一年中文創作」十大好書。
- 四月〈漂木〉獲台灣二〇〇一年年度詩獎。
- 四月廣西師範大學研究生向憶秋撰寫之碩士論文《焦慮及反抗——洛夫詩新解》獲通過，正聯繫出版中。
- 五月中日雙語文學雜誌《藍》總六期載有長詩〈漂木〉第三章第三節〈致時間〉之日譯本。
- 八月北京權威詩學雜誌《詩探索》二〇〇二第一、二期闢有「洛夫專輯」，內有龍彼德之評論〈洛夫與中國現代詩〉、沈奇之〈洛夫詩二首點評〉及〈洛夫訪談錄〉等文。
- 九月美國著名文學雜誌*MANOA*九月號刊出〈漂木〉第二章〈鮭・垂死的逼視〉（陶忘機英譯）及〈洛夫訪問記〉（奚密英譯）。
- 十月應加拿大文化機構「哈博夫朗中心」（Harbourfront Center）之邀，赴多倫多參加年度「國際作家節」。洛夫在會中朗誦詩作，並接受媒體訪問。
- 十一月應邀赴廣西南寧參加廣西文聯舉辦之「洛夫書藝展」，並在廣西師大及廣西民族學院講演。同月應邀赴南京訪問，在南京大學講演，舉辦「洛夫詩歌朗誦會」；在東南大學講演，舉辦「洛夫詩歌研討會」。

- 十一月赴深圳參加由深圳市作家協會、書法家協會、深圳商報、吳啟雄集團四大機構聯合舉辦的「洛夫書藝展」，並參加一項與深圳青年詩人交流座談會和一次「洛夫詩歌朗誦會」。

二〇〇三年——

- 二月洛夫主編之《百年華語詩壇十二家》由北京台海出版社出版，收有郭沫若、艾青、彭燕郊、洛夫、北島、李青松等十二家的長詩。
- 八月由洛夫創辦之「加拿大漂木藝術家協會」（Canada Driftwood Artist Society）成立於溫哥華，洛夫被推選為首任會長。
- 八月《洛夫詩鈔——洛夫經典詩作手抄本》由台北未來書城出版。
- 九月，北京《新詩界》雜誌刊出〈漂木〉第一、第二章，以及詩評家葉櫓教授之〈漂木論〉與李青松之〈詩人洛夫訪談錄〉。
- 十月，福建師大國文系研究生少君之博士論文《漂泊的奧義——洛夫論》由北京戲劇出版社出版。

二〇〇四年——

- 三月法文版《中國現代詩選》（Le Cielen Fuite Anthologie de la nouvelle poésie chinoise）在巴黎出版，選有洛夫詩作十六首。
- 五月洛夫與音樂家謝天吉合作之詩與音樂發表會「因為風的緣故」，在溫哥華女皇劇院售票演出。這次音樂會結合北美第一流的聲樂家胡曉平、馬筱華、詩人瘂弦、電影明星岳華等演出，轟動一時。
- 六月獲北京首屆「新詩界國際詩歌獎——北斗星獎」，二十二日詩人節洛夫親赴北京領獎。同月，北京出版之《光芒湧入——首屆新詩界國際詩歌獎》特輯，推出「北斗星獎得主洛夫」專輯，刊出評委會授獎詞與洛夫受獎詞之外，並發表〈漂木〉第三、第四章，以及陳祖君評論與洛夫訪問記。

- 九月應邀在北京師大與清華大學演講，會中洛夫親贈詩集各一套（共二十餘冊）予兩校之詩歌研究中心。同月，應中國作家協會之邀，參觀中國現代文學館，洛夫親將《漂木》三千行之手稿贈予該館收藏（該館二樓設有洛夫作品展示專櫃）。
- 十月遊覽蘇州、無錫、揚州等城市，完成江南之旅的多年心願。曾借宿寒山寺三日，寫有〈夜宿寒山寺〉一詩，並為該寺題寫書法「楓橋夜泊」一幅，其石刻現於寺內陳列。
- 同月赴長沙訪問三天，應邀在「毛澤東文學院」演講。次日參加詩人市長譚仲池之邀宴及湖南作家協會午宴。月底返回台北參加「創世紀五十周年紀念」各項活動。

二〇〇五年──

- 一月台北教育大學與《台灣詩學》聯合舉辦之「台灣現代十大詩人」票選，洛夫第三次當選，並名列首位。
- 二月應成都市政府之邀前往參加首屆「海峽詩會」，並在西南交通大學演講。繼由四川電視台記者陪同遊峨嵋山，歸來寫〈登峨嵋尋李白不遇〉一詩。
- 十月，上海市作家協會接待訪問上海，並由上海詩群「撒嬌詩院」等單位舉辦「紀念洛夫創作六十周年」座談會及餐會，贈予洛夫「新古典天王」獎座。這次聚會，上海各個青年詩派如下半身詩派、垃圾派都有代表人物參加。同月二十日赴雲南昆明、楚雄、麗江、紅河等地訪問，並在雲南大學、楚雄師院演講。

‧十一月應邀赴廣西南寧與玉林參加「二〇〇五首屆華文詩歌國際研討會」，會後並在玉林師院作了一場演講。同月返台參加由新竹中華大學舉辦之「二〇〇五洛夫詩書雙藝展」及當晚之詩歌朗誦會，台北十多位名詩人應邀參加。

‧十一月參加顏艾琳主持的洛夫有聲詩集《因為風的緣故》發表會，及「詩的星期五」復活大典。

‧十二月二十日應詩人愚溪先生之邀，於花蓮海濱之和南寺小住數日，每天面對大海與佛寺，胸中激盪著鐘磬木魚與浪濤的交響，思潮澎湃，有寫詩的衝動，不久即完成一首一百四十行長詩〈背向大海〉。

二〇〇六年——

‧五月應邀參加美國西雅圖太平洋路德大學舉辦之「國際詩歌講座及朗誦會」。會中洛夫朗誦〈大鴉〉、〈大冰河〉等詩。

‧同月，應福建文聯之邀參加五月十一至二十一日的「二〇〇六海峽詩歌節」，同時省文聯於十二日在福州市于山公園音樂廳舉辦了一場盛大的「詩之為魔——洛夫詩文朗誦會」，演出極為精彩。

‧八月散文集《雪樓小品》由台北三民書局出版。

‧十月應邀在北京大學辦了一場「欣賞詩歌之美」的講座，聽眾三百餘人。

‧同月應邀參加由北京大學中國新詩研究所，與首都師大中國新詩研究中心合辦之「新世紀中國新詩國際學術研討會」，會中洛夫宣讀〈天涯美學〉論文一篇。該會主題為「兩岸四地及海外華文詩歌的發展和前景」，此會原由洛夫建議召開。

・同月十六日洛夫趕赴河北省石家莊參加由河北文學館主辦的「二〇〇六秋・洛夫詩書雙藝展」，河北省作協主席、小說家鐵凝女士親自主持開幕式，應邀來賓有河北省作家、藝術家等兩百餘人參加。展覽期間，洛夫還應邀至河北師大演講。

・同月二十一日，上海市作協與上海圖書館聯合舉辦「二〇〇六・洛夫詩歌朗誦會」，朗誦藝術家均為全國極負盛名的演員和電台、電視主持人，如童自榮、金芝仁、周澄、曹雷、孫渝烽、過傳忠等十餘位，吸引了觀眾五百餘人，據說，台港與海外詩人應邀來上海舉辦個人詩歌朗誦會者，洛夫還是空前第一人。

・同月洛夫自選集《雨想說的》由廣州花城出版社出版。

・同月二十八日，北京師大珠海分校舉行「國際華文文學發展研究所」成立大會，洛夫以貴賓身份，與香港、廣州、珠海等地的詩人作家一百餘人參加觀禮，大會贈予洛夫該研究所榮譽所長聘書。下午舉辦洛夫詩歌講座，聽眾八百餘人。

・十一月二日長詩《漂木》簡體字版在中國大陸推出，由深圳市作家協會主辦一場《漂木》新書發表簽名會，到有深圳詩人、作家及電子與平面媒體記者兩百餘人參加。

二〇〇七年——

・四月由香港大學、蘇州大學、武漢大學和徐州師範大學聯合舉辦之「洛夫與二十世紀華文文學研討會」，分別在蘇州大學與徐州師大兩校舉辦，計有台港與中國之著名學者專家數十人參加，發表研究洛夫詩作之論文十餘篇。此外，洛夫還應邀在以上兩所大學文學院演講及朗誦詩作。

‧同月，研討會結束後，應《揚州晚報》之邀赴揚州訪問，並在該報之會議廳演講與朗誦詩作。次日，該報以頭版新聞報導講座之盛況。

‧同月，由美國蒙特爾大學教授陶忘機翻譯之《漂木》英文本（Driftwood）由美國麻省的Zephyr Press出版發行。

‧六月，適逢洛夫八十壽辰，由加拿大華文作家協會林婷婷、盧因、陳浩泉及漂木藝術家協會章邁、范淑珍等共同發起一項極其隆重的慶生晚宴，到有台北駐溫哥華經濟文化辦事處處長，與作家、音樂家、畫家百餘人，盛況空前。

‧七月，洛夫詩集《背向大海》由台北爾雅出版社出版。

‧十月，應青年詩人歐陽白之邀，赴湖南郴州訪問一週，得到該市詩界的熱烈接待，並安排在湘南大學演講。

‧十月，「長詩《漂木》國際學術研討會」在湘西鳳凰縣舉行，由深圳市作協、衡陽日報、香港啟盛集團聯合舉辦，除兩岸三地詩學專家如謝冕、吳思敬、任洪淵、沈奇、葉櫓、鄧艮、莊曉明、簡政珍、白靈、彭名燕、周友德、李岱松、雷安青、郭龍等全程參加外，鳳凰縣藝術大師黃永玉與當地政府文化界人士也熱情支援，共襄盛舉。

‧同月赴成都，應四川大學之邀舉辦一場詩歌講座，聽眾千餘人，盛況空前。繼而赴遂寧、蓬溪二市訪問，得到青年詩評家胡亮等人熱情接待。

‧同月應詩人遠岸之邀至海南島之三亞與海口訪問，並在海南大學、海南師大演講。

‧同月下旬，應邀赴山西太原舉辦「二〇〇七秋‧太原‧洛夫詩、書、畫三藝展」，並參加由山西省社科院舉辦之「中國詩歌論壇」。此外，太原詩人數十人為洛夫八十壽辰舉辦慶生晚宴，席間除有詩歌朗誦、歌唱等節目外，並由山西省詩歌學會贈予詩獎一座，繼而又到中北大學演講，並接受客座教授聘書。

・十一月十日應邀參加由深圳報業集團與書城中心主辦之首屆「詩歌人間」主題詩會，參加的知名詩人另有徐敬亞、王小妮、任洪淵、沈奇、林莽、多多、于堅、李少君等，次日赴深圳大學參加「大學談詩」之座談會。

・十二月十九日，洛夫以校友及「淡江金鷹」（菁英）獎得主身份應淡江大學創辦人張建邦之邀，前往淡水學園演講，並在文錙藝術中心揮毫題字，晚間接受創辦人與校長之盛宴款待，中英文學院二位院長及多位教授作陪，禮遇甚隆。

二〇〇八年——

・三月四川大學文學與新聞學院研究生鄧艮所撰博士論文《漂泊體驗：洛夫詩歌與政治無意識》，共十六萬字，已獲通過，正尋求出版中。

・九月「漂木藝術家協會」主辦之首屆「漂木盃詩歌朗誦大賽」在溫哥華舉辦，洛夫擔任主任評審委員。

・十月，北京現代文學館舉辦「洛夫詩、書、畫三藝展——紀念洛夫創作六十周年」，洛夫親自赴京參加開幕典禮，應邀參加貴賓有北京詩人、作家、書法家兩百餘人。次日，一場「洛夫詩歌學術論壇——紀念洛夫創作六十周年」亦在北京首都師範大學舉行。

・同月二十一日應邀赴天津南開大學演講，由著名詩詞學家葉嘉瑩教授主持。

・同月二十三日赴揚州參加由揚州大學舉辦之「洛夫詩、書、畫三藝展」開幕式。

・十一月三日應邀赴江西南昌參加「國際華文作家滕王閣筆會」，並發表學術演講。
・十一月十二日《大河的雄辯——洛夫詩作評論集（第二部）》由創世紀詩社出版。

二〇〇九年——

・四月，《洛夫詩歌全集》限量典藏版由「鶴山二十一世紀國際論壇」榮譽贊助發行，台北普音文化出版。《洛夫詩歌全集》全套四冊，完整收錄洛夫歷時六十年的詩歌創作，是台灣詩壇首見之典藏叢集。
・四月十日洛夫返台參加「鶴山二十一世紀國際論壇」舉辦之《洛夫詩歌全集》新書發表會暨洛夫創作六十周年慶，文壇耆宿、學者、藝文人士、媒體記者等兩百多人蒞臨慶賀。
・十月湖南衡陽市盛大舉辦「洛夫國際詩歌節」，節目有洛夫詩歌論壇、洛夫書法展覽、洛夫文學館奠基典禮、手稿及書法典藏簽字儀式等。中國作家協會副主席陳建功與湖南各級政府領導，以及中國、台灣、香港、韓國、美國等地之著名詩人、學者、媒體記者等五百餘人參加。

二〇一〇年——

・七月應邀赴美參加夏威夷大學舉辦之「華人國際詩歌研討會」。
・九月澳門大學文學院舉辦「洛夫詩歌論壇」，洛夫偕夫人親臨參加。同月廣東中山市舉辦第一屆「華僑文學獎」，洛夫以詩集《雨想說的》獲新詩組首獎。

二〇一一年——

・十月龍彼德著《洛夫傳奇：洛夫的詩與生活》台北蘭台出版社出版、洛夫詩集

《禪魔共舞》台北秀威文化公司出版。適逢辛亥百年，十月十日，洛夫、陳瓊芳結婚五十周年，自加拿大溫哥華返台接受子女莫凡、莫非及親友設宴台北福華飯店祝賀金婚，隨即在國立金門大學第一任駐校作家楊樹清策劃下展開五日的「因為風的緣故：洛夫、陳瓊芳伉儷金婚金門文學之旅」，重返成名作〈石室之死亡〉太武山武揚坑道寫作現場，赴金門大學「感受詩歌之美」專題演講，同月再趕赴台北胡思書店進行《洛夫傳奇：詩魔的詩與生活》新書發表會。

‧十月下旬再往大陸衡陽、深圳兩地參加至親好友舉辦之金婚大典。同月深圳作家周友德著《詩魔的天空：我與洛夫的交往》由海天出版社出版，並舉辦新書發表會。

‧十一月洛夫詩作精選集《煙之外》，散文精選集《大河的潛流》同時由南京江蘇文藝出版社出版，並舉行發表簽書會，南京詩人、學者、媒體記者、讀者三百餘人參加。

‧十二月日本大阪市立大學教授松浦恆雄翻譯之洛夫詩選《禪の味》由東京思潮社出版。

二〇一二年—

‧九月湖南衡陽興建之「洛夫文學藝術館」，其基礎建築已告完工，預定於二〇一四年舉行開館典禮。同月台北目宿媒體公司攝影組來溫哥華為洛夫拍攝「文學大師紀實電影」，隨即赴日本拍攝東京大學與思潮社合辦之「洛夫詩歌討論會」現場，繼而又赴衡陽拍攝「洛夫文學藝術館」及洛夫舊居。以上拍攝活動，洛夫均與夫人聯袂參加。

・十月應東北吉林省政府之邀參加「東北亞博覽會」年慶大會，並應邀至吉林大學文學院演講。同月赴內蒙呼和浩特市訪問，得詩人溫吉、李悅，企業家徐順等熱情接待，多次參加詩歌討論會、朗誦會。當地詩人正在籌建「洛夫詩屋」，典藏與展覽洛夫詩歌及書法作品。

・十一月中山市小欖鎮舉辦「洛夫書藝展」。同月龍彼德著《洛夫傳奇——詩魔的詩與生活》簡體字版由深圳海天出版社推出。並舉辦新書發表簽售會。

・十月至十一月間吉林衛視記者追隨洛夫大陸之旅沿途攝製名人「回家」電視專題節目。

・十二月應邀赴金門參加年度「詩酒文化節」。同月台北公館胡思書店舉辦「時間之藏：洛夫詩集暨書法作品展」，洛夫親臨參加並演講，同時當場拍賣書法作品，全部售完。

二〇一三——

・六月《如此歲月：洛夫詩選（一九八八——二〇一二）》於九歌出版社出版。

・九月《洛夫詩全集》於江蘇文藝出版社出版，該書為洛夫首次在中國出版的簡體字版詩歌全集。

二〇一四——

・九月《唐詩解構：洛夫的唐韻新鑄藝術》於遠景出版社出版。

・同月二十七日赴金門，為金門大學的「〈再訪金門〉詩碑」揭幕。〈再訪金門〉寫於一九九八年，洛夫移民加拿大後首次帶著妻子返回金門；二〇一一年赴金門大學演講時獲校長邀請，親筆題詩將墨寶捐贈給金門大學，而後刻碑立於校園。

‧十月參與創世紀詩社六十週年社慶。同月洛夫紀錄片《無岸之河》作為社慶紀念搶先上映，該片為目宿媒體製作的文學紀錄片系列《詩的照耀下——他們在島嶼寫作II》其中一部，由王婉柔執導。以「詩與戰爭」作為主軸，追索洛夫活動與創作的空間流轉，並結合《石室之死亡》的意象；同時也穿插洛夫與友人的書信往來，勾勒其青年時期的形象。

‧十一月中國武漢的江漢大學特聘洛夫為榮譽駐校詩人。

‧同月底至十二月初，洛夫入住中國泰州秋雪湖國際寫作中心從事文學交流活動，並舉行講座。

‧十二月《洛夫詩精編》於長江文藝出版社出版。

二〇一五——

‧五月以《洛夫詩全集》獲中國四川綿陽市首屆李白詩歌獎。

‧十月《因為風的緣故》簡體字版於江蘇文藝出版社出版。

二〇一六——

‧八月獲加拿大華裔作家協會頒發「加華文學成就獎」，表揚洛夫長年以來對於加拿大華文文學交流的貢獻。同年返台定居。

‧十一月《石室之死亡》新版於聯合文學出版社出版。

‧十二月於飛頁書房舉辦「洛夫《石室之死亡》新書發表會」。

二〇一七——

‧三月文化部駐法國台灣文化中心與法國瑟希（Circé）出版社合作出版法譯版洛夫詩集《因為風的緣故》（À Cause du vent），由胡安嵐（Alain Leroux）翻譯。與陳黎《給梅湘的明信片》（Cartes postales pour Messiaen）及夏宇

《Salsa》同為瑟希出版社「台灣當代詩」叢書系列首波作品。

- 十月中華民國現代音樂協會於國家演奏廳舉辦「因為風的緣故」洛夫詩作當代聲樂作品專場音樂會，由鋼琴家葉青青、聲樂家林孟君、黃莉錦、林義偉等台灣中青生代音樂家擔綱演出，結合音樂與文學，重新詮釋洛夫經典作品。

二〇一八——

- 一月《昨日之蛇：洛夫動物詩集》由遠景出版社出版，三月於飛頁書房舉辦新書發表會，吸引眾多文壇友人、讀者粉絲出席。
- 三月十九日凌晨三時二十一分於台北榮總病逝，享壽九十一歲。
- 四月獲頒總統褒揚令，《文訊》雜誌四月號製作「詩魔之歌：洛夫紀念特輯」。

念父親
——詩魔洛夫

莫凡

香頭上那縷繚繞的煙
散了
究竟是他們說的涅槃重生
還是我們血脈的崩斷
畢竟你的詩比較現實
還留下來讓我
一字一字地擰乾
再一句一句地鋪平

母親用安眠藥追著你的回憶
而那些往事
把照片都說成了黑白

在不經意對焦的時候
我卻變成了你

思念一向聚少離多
在辣椒炒臘肉的面前也一味的怯懦膽小
你說鹹
我抿了抿嘴角
嗯
不該加那麼多眼淚
應該少放點回憶

X光機一件件脫下了母親的叮嚀
輪椅就像手搖放映的幻燈片
一幀幀抗議著你也曾年輕
終歸
一楞杖襲來歲月的驚呼
之後用鼻管呼吸

儘管火
了結了詩
驅走了魔
而我必然是你剩餘的那幾句
把香爐的灰燼緊緊握在手心
一撥撥地撒在半空
然後趕緊雙手合十
想念你
想念你
急急如律令

原載二〇一九年四月一日《聯合報》

後記：

父親過世整整一年，原想在頭七或告別式的時候寫篇懷念父親的文章，但，心亂如麻一直無法下筆，今天突然靈感乍到成詩一篇，用父親熟悉的創作方式來懷念父親。

我的洛夫閱讀史

陳芳明

在離鄉與歸鄉之間的拉扯，正好形成詩中的藝術張力。漂木的意象，既是詩人的寫照，也是這個大時代的縮影……

我的洛夫閱讀史，其實也是一種文學漂泊史……

從對抗開始

閱讀洛夫的最早經驗，是從對抗開始。那種對抗的過程，極其不快。一九六五年甫入大學時，他的重要詩集《石室之死亡》才出版不久，對於那時熟悉朱自清、徐志摩的文學青年，洛夫的詩行確實是非常艱澀。回首半世紀以前，台灣詩壇正要跨入盛世，許多重要詩作大約已都齊備。余光中的〈天狼星〉、瘂弦的〈深淵〉、鄭愁予的〈夢土上〉、白萩的〈雁〉、楊牧的〈給時間〉，都是在大學生涯裡次第接觸。總覺得自己是屬於幸運的世代，初入詩的花園之際，就與盛放的季節不期而遇。洛夫早期的詩集《靈河》一直是在傳說中，卻無從窺探他抒情的詩行。

在周夢蝶的書攤上，偶爾也會購買零散的《創世紀詩刊》，不時可以閱讀洛夫的詩與詩論。很久以後才知道，洛夫與余光中曾經有過一場文學論戰，那是發生在一九六一年。也是因為周夢蝶的推薦，才在《現代文學》獲讀論戰的真正內容。余光中發表他的長詩〈天狼星〉，在當時詩壇而言，很少看見如此龐大格局的作品。整首詩並不屬於史詩的性質，而是為當時同時代詩人作傳的系列組曲。余光中是在那年的五月發表，洛夫在《現代文學》第九期立即寫出〈天狼星論〉，予以批評。誠實地說，對於才從鄉下北上的少年如我，其實無法完全理解〈天狼星〉的內容，遑論去認識洛夫詩論裡所提的觀點與解釋。

早年的讀詩經驗其實相當有限，卻常常無端生出愛恨分明的感情。由於過份偏愛抒情詩，對於洛夫主知傾向較濃的作品，不免有些抗拒。愛與不愛，非常主觀，也非常偏頗。總覺得自己必須站在余光中的這邊，而對洛夫帶著一種莫名的敵意。如今想來，當然是極其幼稚，但在那段時期卻是認真其事。又過兩年，進入大學三年級，在學校成立水晶詩社，才開始大量閱讀所有詩人的作品，也慢慢養成購買詩集的習慣。記得那年夏天，特別在輔大校園舉辦「水晶之夜」的新詩朗誦會，凡是在台北的詩人都在受邀行列。

乘著風聲回到台北

洛夫是騎著機車來輔大參加，記得他在當晚朗誦的是〈湯姆之歌〉與〈灰燼之外〉，後來收入他的《外外集》。他的聲音沙啞，相當低沉，帶著湖南口音，頗具磁性。因為已經熟悉了每一行詩，聽他朗誦時，自己也在內心跟著回應。如果對他的偏見稍稍解除的話，那晚的詩朗誦確實帶給我某種情緒的釋放。朗誦會結束後，他邀我一起與他回台北。坐在摩托車後座，涼風颯颯襲來，似乎有一種快意。而那樣的節奏，非常貼合他當年的詩集《外外集》，透明而乾脆。到今天仍然難以忘懷那晚眾多詩人的朗誦，以及那晚乘著風聲回到台北的豪邁。

正是這本詩集，改變了我對洛夫的看法。其中有幾首詩，我至今仍會背誦。特別是〈灰燼之外〉，第一次讓我感受到，意在言外的詩藝是什麼。我也曾在幾場大學新詩朗誦會，高聲朗讀這首詩。我非常著迷詩的最後一節：

你是火的胎兒，在自燃中成長
無論誰以一拳石榴的傲慢招惹你
便憤然舉臂，暴力逆汗水而上

你是傳說中的那半截蠟燭
另一半在灰燼之外

那段時期，我已經可以出入他的詩行之間。《外外集》所收的短詩，充滿許多機智的句式，節奏明快，意象爽朗，其中不乏對現實的諷刺與批判。

大學畢業時，《石室之死亡》正式問世。從來未曾預期，如此一首長詩會引起廣泛的議論。在內心裡，隱約也起了騷動。從第一行開始，就覺得完全無法進去。好像被擋在門外，窺探不出有任何切入的可能。在讀詩經驗裡，可能是我最苦惱、最挫折的時候。同年，他的詩論集《詩人之鏡》出版，為台灣的超現實主義辯護。即使對詩的理解並不那麼深刻，我對他的詩觀也不以為然。

觸怒當時的新世代詩人

一九七一年，從花蓮服役歸來，正式進入台大歷史所。也在同一時期，我與林煥彰、辛牧、蕭蕭、喬林、景翔、施善繼、黃榮村組成龍族詩社。以新世代自許的詩人集團，希望能夠使詩的書寫一新耳目。對於洛夫的晦澀，自己又落入充滿敵意的情境。七〇年代初期幾年，台灣文壇屢經丕變。在釣魚台事件、退出聯合國的政治風潮下，文學風氣似乎開始轉向，逐漸朝著負起時代使命而轉向。龍族詩社當然也不例外。特別是一九七二年發生現代詩論戰之際，龍族詩社也開始對於晦澀詩風展開批判，以呼應當年關傑明所寫的兩篇批判文字：〈中國現代詩的幻境〉、〈中國現代詩的困境〉。

歷史的誤會，可能由此鑄成。洛夫在一九七二年參與《中國現代文學大系》的編輯，詩的部份由他負責。他在序言中宣稱，未來三十年的新詩發展，絕對不可能超越他們那個世代。就是這段話，觸怒了當時所有的新世代詩人。不久以後，我陸續發表兩篇文章，對他的詩學與詩論表達許多不敬的語言。也許可以視之為決裂的一個起點，或確切地說，對洛夫的偏見便從此穩固下來。在出國之前，我出版了詩論集《鏡子和影子》，也收入這兩篇文章。詩人與我之間的距離，從此海闊天空。如果這是我個人的洛夫閱讀史，在美國漂泊之際，便始終一直凝滯在那裡。對抗或誤解，如果找不到出口，恐怕還會持續下去。

神奇的時光乍然浮現

必須等到一九八五年夏天，帶著疲憊的軀體，我決心從政治運動浪潮中抽身而退，重新把年少時期涉獵的文學書籍拾起。跟我四處流浪的詩集，終於回到手中細心捧讀。八〇年代末期的一個秋天，我把久未翻閱的《石室之死亡》取出重讀。神奇的時光乍然浮現，竟然可以沿著詩行順流而下，每讀一行，就逐步鬆綁自我囚禁的魂魄。一個時代流離失所與無盡生死的經驗，都已濃縮擠壓在那尺幅有限的詩集裡。曾經把我關在外面的這本詩集，驟然啟開閘門，允許我從容在詩行之間穿越。那種頓悟與喜悅，好像預告我的讀詩風華再度回來。

為什麼使我苦惱許久的詩集，在我進入四十歲之際，忽然打開門鎖？閱讀的奧妙，後來便慢慢理清了。當年紀還輕時，人生歷練猶在累積，閱讀也相當生澀。生命的質感完全不夠厚實，尚不足以窺見詩人深層的真實經驗。在陌生土地漂泊許久之後，才徹底覺悟，流浪與放逐是何等痛徹心腑。只有以自己的刺骨之痛，去體會詩中死亡的凌遲，才有可能逼近詩人的靈魂。迢遙的旅路，折騰了我的精神與肉體，卻也鍛鍊了我對人生道路的澈悟。每一個生命都是獨一無二，未曾到達特定的境界，就不可能到達深層的藝術核心。洛夫的詩，確實曾經抵達我未曾看見的邊境；他從那裡帶回來的信息，終於提煉成詩行。

詩觀的轉變，往往是生命轉折的象徵。早期曾經與余光中論戰的洛夫，涉及一個重要議題：現代詩究竟是要繼承傳統，還是反抗傳統？在〈天狼星論〉裡，洛夫站在反傳統的那一邊。而當年接受傳統的余光中，則正要進入他的新古典時期。多年以後，終於看到洛夫也開始從傳統詩學裡尋找精神出口。我深深體會所有的文學生命其實充滿了辯證，年少時期所堅持的詩觀，並不必然支配一生所信仰的美學。寫詩如此，讀詩又何嘗不是如此。重新捧讀洛夫詩集，才訝然發現自己失去了許多，也輸掉了許多。

不能不折服於他的堅持與頑強

從海外流亡歸來時，察覺洛夫的生產力未嘗稍減。在我的偏見裡，他的創作應該是以《魔歌》為頂點。那詩集所顯現的批判精神與自我調侃，不能不使人擊節讚歎。尤其是書中的〈巨石之變〉，讀過之後，甚覺韻味無窮。那首詩當然也暗示了我這個世代的敵意，但也不能不折服於他所散發出來的堅持與頑強。上世紀九〇年代，我回到台北時，發現他的每首詩似乎都未曾失手。他的〈時間之傷〉、〈釀酒的石頭〉、〈月光房子〉、〈天使的涅槃〉、〈隱題詩〉、〈夢的圖解〉、〈雪落無聲〉，〈背向大海〉，幾乎都讓我咀嚼許久。進入人生下半場的洛夫，反而比他中年時期還更怒放。我很慶幸自己的閱讀，完全沒有錯過他精采的風景。

最令我動容的，莫過於他的三千行長詩〈漂木〉。洛夫選擇自我放逐，顯然有他個人生命的考量。到達北國的溫哥華，也正是鮭魚的故鄉。鮭魚，是一種返鄉意志非常強烈的生物，縱浪在浩瀚的海洋，最後總是可以找到正確的方位，回到出生地。洛夫反其道而行，少年時第一次離鄉，中年後又第二次離鄉，那種彎曲的軌跡，似乎也刻劃著他非常私密的心路歷程。看見逆流而上的鮭魚，他反而以漂木自況。在離鄉與歸鄉之間的拉扯，正好形成詩中的藝術張力。漂木的意象，既是詩人的寫照，也是這個大時代的縮影。詩行裡傾洩出來的蒼老與蒼勁，就像拳擊那樣，每一記都準確打在讀者的胸口。

我的洛夫閱讀史，其實也是一種文學漂泊史。現代主義啟蒙了我，離國之後，由於政治信仰而迷信起寫實主義，並且展開對現代主義的抨擊與批判。返回故鄉後，再度覺悟現代主義對台灣文學發展的衝擊與充實。繞了一大圈，不能不承認，個人的生命格局沒有打開之前，常常會產生美學上的幻覺與錯覺。閱讀洛夫，也應該是同樣的狀況。當人生歷練還不夠紮實，知識累積也不夠沉穩，並不足以踮腳看見詩人的精神世界。如今帶著悽愴而挫折的靈魂，靜靜舔舐傷口時，我又重新閱讀洛夫的詩集，竟然一切都看得非常明白。

九　歌　文　庫　　1405

如此歲月：
洛夫詩選（1988 - 2012）

國家圖書館出版品預行編目（CIP）資料

如此歲月：洛夫詩選（1988 - 2012）/ 洛夫著 . -- 增訂新版 . --
臺北市 : 九歌出版社有限公司 , 2023.05
面；　公分 . -- (九歌文庫 ; 1405)
ISBN 978-986-450-559-3 (平裝)

851.486　　104027997

作　　者——洛　夫
創 辦 人——蔡文甫
發 行 人——蔡澤玉
出　　版——九歌出版社有限公司
臺北市八德路 3 段 12 巷 57 弄 40 號
電話 / 25776564 傳真 / 25789205
郵政劃撥 / 0112295-1

九歌文學網　www.chiuko.com.tw

印　　刷——晨捷印製股份有限公司
法律顧問——龍躍天律師 · 蕭雄淋律師 · 董安丹律師
初　　版——2013 年 6 月
增訂新版——2023 年 5 月
定　　價——400 元
書　　號——F1405
I S B N——978-986-450-559-3
9789864505654 (PDF)